MW01527638

Alice
et le
carnet vert

Caroline Quine

Alice
et le
carnet vert

Traduction
Anne Joba

Illustrations
Marguerite Sauvage

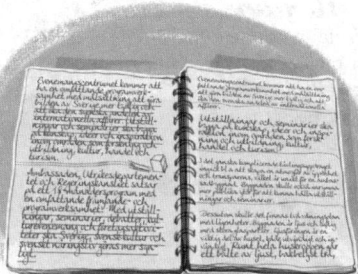

HACHETTE
Jeunesse

Alice

Jeune détective de choc, extrêmement perspicace et courageuse pour ses dix-huit ans. Au volant de son cabriolet, elle se lance dans des enquêtes toujours trépidantes... quitte à affronter des adversaires aussi malhonnêtes que dangereux !

Marion

Le garçon manqué de la bande. Avec Bess, c'est la meilleure amie d'Alice... Grande sportive, elle a le goût de l'aventure, et ne dit jamais non à une bonne enquête !

Bess

C'est la cousine de Marion. Gourmande, coquette et aussi un peu timorée, elle finit cependant toujours par suivre ses amies dans les aventures les plus risquées...

James Roy

Le père d'Alice.

Ce célèbre avocat prête souvent main-forte à sa fille dans ses enquêtes... quand ce n'est pas Alice qui l'aide à résoudre les énigmes les plus ardues !

Ned

Lorsqu'il n'est pas retenu par ses épreuves sportives ou par ses cours à l'université, ce beau jeune homme aide les trois amies à résoudre les mystères les plus ténébreux... pour le plus grand plaisir d'Alice !

L'ÉDITION ORIGINALE DE CE ROMAN A PARU
EN LANGUE ANGLAISE CHEZ GROSSET & DUNLAP,
NEW YORK, SOUS LE TITRE :

The Clue in a diary

© Grosset & Dunlap, Inc., 1953.
© Hachette Livre, 1979, 1993, 2002, 2007 pour la présente édition.

Traduction revue par Anne-Laure Estèves.

Tous droits de traduction, de reproduction
et d'adaptation réservés pour tous pays.

Hachette Livre, 43, quai de Grenelle, 75015 Paris.

chapitre 1

L'incendie

— À quoi est-ce que tu penses, Alice ? lance Marion Webb, une jolie brune à l'allure garçonne avec ses cheveux coupés très courts. Voilà bien cinq minutes que tu as les yeux perdus dans le vague.

— Et que tu engloutis les délicieux sandwiches que j'ai préparés avec tant de soin, sans leur accorder la moindre attention ! ajoute d'un air dépité sa cousine blonde et rondelette, Bess Taylor.

Assises à l'ombre d'un érable, un peu à l'écart de la grand-route, les deux jeunes filles pique-niquent avec leur inséparable amie, Alice Roy, dans un endroit paisible, à mi-chemin entre River City, où toutes trois habitent, et Sandy Creek, où elles viennent de se rendre à une foire.

— Je m'inquiète pour Jenny Swenson et sa mère, leur confie enfin Alice. J'aimerais tellement pouvoir les aider !

— Si je comprends bien, tu voudrais retrouver M. Swenson ou, en tout cas, l'argent qu'il avait promis d'envoyer à sa femme ? l'interroge Bess avec curiosité.

— Oui. C'est bizarre qu'elle n'ait encore rien reçu. D'après ce qu'elle nous a dit, ça fait déjà un certain temps qu'il les a quittées. Je me demande si ses lettres et les chèques qu'elles contenaient n'auraient pas été volés.

— Ça y est, notre célèbre détective reprend du service ! plaisante Marion.

Bess se met à pouffer.

— Prenez garde à vous, monsieur le voleur ! Il est très dangereux de se frotter à Alice Roy. Vous n'avez pas la moindre chance d'échapper à son flair inégalable et à son esprit de déduction sans pareil !

Ses deux amies éclatent de rire à leur tour. Il est vrai qu'Alice s'est forgé depuis quelque temps une solide réputation de détective amateur. Aidée par son père James Roy, un avocat de grand renom qui, demeuré veuf, a reporté sur elle toute son affection, et par ses deux amies, elle a su résoudre des énigmes qui laissaient perplexe plus d'un professionnel chevronné.

— Tu peux compter sur moi pour t'épauler et

débusquer les malfaiteurs ! continue Bess avec flamme. Si ce n'est pas trop dangereux, bien sûr...

— Là, tu rêves ! rétorque aussitôt sa cousine. Tu connais Alice !

La jeune fille, dont ses amis apprécient la personnalité profondément attachante, sourit à cette remarque. Avec ses yeux bleus, ses boucles blondes et la grâce qui se dégage de tous ses gestes, elle est très jolie et a beaucoup de charme.

Elle repense à leur excursion de l'après-midi, à la foire de Sandy Creek. Toutes trois se sont énormément amusées, essayant chaque manège un à un sans oublier les autos tamponneuses et le train fantôme. Et, comme il lui arrive souvent, la jeune détective y a flairé un mystère.

En effet, dans la foule qui allait et venait, son attention a été attirée par une petite fille et sa mère qui regardaient tourner les manèges avec une expression mélancolique, sans participer à la gaieté générale. Les trois amies ont aussitôt deviné que la mère n'avait pas les moyens de payer ces attractions à son enfant. N'écoutant que leur bon cœur, elles ont invité la petite fille à effectuer plusieurs tours de manège et ont ainsi lié connaissance avec Mme Swenson et Jenny.

— Jenny est si mignonne, murmure Alice, comme pour elle-même, en se remémorant la scène.

— Oui, elle est adorable, confirme Bess avec attendrissement.

— Il faudra aller les voir, reprend la jeune détective qui, le cœur serré, se souvient de la robe élimée de la petite fille. Je ne peux pas supporter l'idée qu'elles soient si pauvres. Tu as bien noté leur adresse, Bess ?

— Oui, je l'ai écrite dans mon agenda, la rassure celle-ci.

— J'ai l'impression qu'on aura du mal à venir en aide à Mme Swenson, les prévient Marion. C'est une femme très digne et fière.

— Tu as raison, approuve Alice. Elle a accepté qu'on paie des tours de manège par pitié pour la petite, mais j'ai bien senti que ce n'était qu'à contrecœur.

Alors que toutes trois méditent en silence, Bess s'aperçoit que le soleil commence à décliner à l'horizon.

— Bon, lâche-t-elle à regret, il est temps de nous remettre en route.

Les trois jeunes filles se lèvent, rangent les restes du pique-nique dans un panier et regagnent le cabriolet d'Alice qu'elles ont garé dans un chemin. La jeune détective s'installe au volant et, peu après, ses amies et elle s'engagent sur la grand-route menant à River City. Bess s'enfonce confortablement dans son siège et regarde le paysage défiler sous ses yeux.

— Il y a de jolies maisons dans le coin, remarque-t-elle au bout d'un moment.

— Sûrement des résidences secondaires, avance sa cousine.

— Oh ! vous avez vu cette grande maison blanche perchée sur la colline ! s'exclame Alice en tendant la main vers un beau manoir en pierre de taille entouré d'arbres et de pelouses verdoyantes.

— Elle est magnifique ! Et quel parc ! Voilà un endroit où j'aimerais habiter !

— Je me demande à qui il peut appartenir..., s'interroge Marion.

Ses amies n'ont pas le temps de répondre. Soudain, une violente explosion déchire l'air et, en une seconde, la belle demeure devient la proie des flammes. Il s'en échappe de toutes les ouvertures : portes, fenêtres, soupiraux.

— Non ! hurle la conductrice en appuyant à fond sur l'accélérateur. Pourvu qu'il n'y ait personne à l'intérieur !

Le cabriolet quitte brutalement la grand-route, franchit la grille d'entrée du manoir qui est restée ouverte et suit l'allée qui monte vers le bâtiment ravagé par le feu. Un rapide coup d'œil permet aux jeunes filles de constater que la maison ne peut déjà plus être sauvée. Alice stoppe la voiture et les trois amies sautent à terre.

— On ne pourra pas entrer ! crie Marion tan-

dis qu'elles courent vers le foyer de l'incendie. Qu'est-ce qu'on va faire si des gens sont bloqués dedans !

Comme elles atteignent le perron, les trois filles s'immobilisent. La fumée est si épaisse et la chaleur si intense, qu'il leur est impossible d'approcher davantage.

— Je vais passer par-derrière, décide sur-le-champ Alice. Le feu ne s'est peut-être pas encore propagé partout. Vous devriez prendre la voiture et aller chez le voisin le plus proche appeler les pompiers.

Bess et Marion se dépêchent de suivre le conseil de leur amie, tandis que celle-ci contourne la façade. Brusquement, une rafale de vent rabat sur elle un nuage de fumée. Les yeux noyés de larmes, elle est obligée de s'arrêter. Comme elle se remet en marche, elle voit soudain un homme s'enfoncer dans les buissons, à quelques mètres d'elle. « Pourquoi fuit-il ? Est-ce lui qui a allumé l'incendie ? » s'interroge aussitôt Alice.

— Hé, vous, là-bas ! l'interpelle la jeune détective.

Surpris, l'inconnu tourne la tête et, l'espace d'une seconde, elle distingue clairement son visage. L'homme est blond, a la peau très claire et le visage émacié. En un clin d'œil, il plonge sous les feuillages et disparaît dans l'épaisseur d'un fourré.

« Il se comporte comme un coupable, songe la jeune fille, étonnée de cette attitude suspecte. Qui peut-il être ? » À cet instant, l'homme se redresse de l'autre côté de la haie. Il est grand, maigre et très modestement vêtu.

« Pourtant, il n'a pas l'air d'un criminel, observe la jeune fille. En tout cas, son signalement intéressera sûrement la police. »

La détective amateur regarde encore dans la direction dans laquelle l'inconnu a disparu, lorsqu'elle entend la sirène des pompiers. Elle se précipite vers le perron de la maison et y retrouve Marion et Bess, qui viennent à peine d'arriver. Des voisins curieux affluent à présent de toutes parts, à pied ou en voiture et, bientôt, l'allée est totalement bloquée. Les pompiers constatent rapidement qu'ils ne pourront rien sauver. Ils s'acharnent pourtant à arroser le brasier de leurs lances dans l'espoir d'empêcher les flammes de s'étendre aux communs.

— C'est affreux de voir une aussi belle maison réduite en cendres ! déplore Bess. J'espère que les propriétaires n'étaient pas à l'intérieur !

Une femme qui se tient près d'elle s'empresse de la rassurer :

— Le manoir Raybolt est resté fermé tout l'été. Ça m'étonnerait beaucoup qu'il y ait eu quelqu'un.

— Pourvu que ce soit vrai ! murmure Alice, anxieuse.

— Ça va leur faire un choc quand ils apprendront que tout a été détruit ! remarque Marion.

— Oh ! ils s'en remettront, répond la femme avec animosité. M. Raybolt roule sur l'or.

— Vous les connaissez ? s'intéresse la jeune détective.

La femme secoue la tête.

— Seulement de réputation. J'habite près d'ici, mais les Raybolt ne sont pas des gens très sociables. Ils n'ont pas d'enfants et vivent seuls. Mme Raybolt s'estime supérieure à tous ses voisins.

Malgré leurs efforts désespérés, les pompiers ne parviennent pas à maîtriser l'incendie. Inquiète, Alice constate que le vent devient plus violent et qu'il vire au nord. D'un moment à l'autre, les communs risquent de prendre feu.

— Attention ! s'écrie soudain Marion. Le toit s'effondre !

Au moment où celui-ci tombe, une vague de chaleur oblige les jeunes filles à reculer et un épais nuage de fumée déferle vers elles. Alice, prise d'un terrible accès de toux et les yeux brûlés par la fumée, doit s'écarter. Bess et Marion, elles, s'éloignent dans une direction opposée et, lorsque la jeune détective peut enfin distinguer quelque chose, elle ne les voit plus nulle part. Elle

n'a pas le temps de les appeler qu'un nouveau nuage de fumée noire arrive sur elle en tourbillonnant. Les yeux fermés, la jeune fille se dirige en titubant vers l'arrière de la maison. Au tournant de l'allée, elle bute sur un obstacle et, sous le choc, manque tomber. Quand la fumée se dissipe enfin, elle ne peut retenir un éclat de rire.

— Une niche ! J'ai de la chance qu'un chien féroce ne se soit pas jeté sur moi !

Comme elle s'apprête à repartir, son regard est attiré par un petit carnet de cuir vert, à quelques pas de la niche. Poussée par la curiosité, elle se penche pour le ramasser.

Pour Alice, aucun doute possible : il a été perdu le jour même. Sinon, la pluie, qui s'est abattue sans relâche sur la région la nuit dernière, aurait détérioré la couverture. Une idée lui traverse alors l'esprit. En quittant les abords de la maison en flammes, le mystérieux inconnu qu'elle a aperçu tout à l'heure est passé à cet endroit. Et si c'était lui le propriétaire du carnet ?

chapitre 2

L'accident

Alice glisse le carnet vert dans sa poche, puis inspecte les environs. Bess et Marion sont invisibles. À cet instant, une étincelle jaillit des décombres de la maison et frôle la jeune fille.

« Je ferais mieux de ne pas traîner ici ! » s'avise-t-elle.

En effet, le vent a de nouveau tourné et souffle maintenant en direction de l'allée. La jeune détective remarque ainsi avec inquiétude qu'une langue d'herbe sèche a pris feu près de l'endroit où les automobilistes se sont rassemblés dans le plus complet désordre. Plusieurs hommes accourent et se mettent à piétiner le sol pour éteindre le départ de feu, mais les flammèches tombent de toutes parts.

Alors qu'Alice se précipite vers son cabriolet,

elle s'arrête soudain, médusée. Un jeune homme vient de sauter dans sa voiture et de mettre le moteur en marche.

« Bess et Marion ont dû laisser la clef sur le contact ! enrage-t-elle en accélérant sa course. Et quelqu'un est en train de voler ma voiture ! »

Elle arrive à hauteur du cabriolet juste au moment où le chauffeur inconnu commence à reculer dans l'allée.

— Alice ! Je me disais bien que cette voiture ressemblait à la tienne, lance celui-ci avec un sourire désarmant, comme la jeune fille pose la main sur la poignée de la portière. Je voulais simplement la sortir de la zone dangereuse.

— Ned ? s'exclame la propriétaire du cabriolet, abasourdie. Que... qu'est-ce que tu fais là ?

La jeune fille vient seulement de reconnaître Ned Nickerson, l'un de ses plus proches amis. Brun, les yeux rieurs et le visage ouvert, le jeune homme est étudiant à l'université d'Émerson. Il prête souvent main-forte à Alice dans ses enquêtes et ne perd jamais une occasion de jouer les chevaliers servants pour son amie.

— Je crois qu'ici elle sera à l'abri, à moins que le vent ne change encore une fois, juge-t-il, en garant la voiture sur le bas-côté.

Devant l'air toujours ébahi de son amie, Ned s'empresse d'ajouter :

— Je suis venu passer quelques jours à la cam-

pagne avec mes parents. Ils ont une maison à Mapleton, à quelques kilomètres d'ici. J'avais l'intention de te rendre une petite visite dans la semaine à River City, mais apparemment tu m'as trouvé avant !

Le visage de la jeune fille s'illumine. Ravie de revoir son ami, elle entame avec lui une discussion animée. Au bout de quelques minutes cependant, elle revient à la situation.

— Il faut que je retrouve Bess et Marion : elles doivent se demander où je suis.

— Oui, tu as raison. Je viendrai te voir bientôt, promet Ned, on finira notre petite conversation. Bonne soirée !

Le jeune homme s'éloigne de son côté, tandis qu'Alice scrute les abords du manoir à la recherche de ses amies. Enfin, elle aperçoit les deux cousines qui accourent vers elle.

— Je pensais qu'on t'avait perdue, avoue Marion en montant dans la voiture. Regarde ma robe : j'ai buté contre une branche et je me suis étalée dans la poussière !

— Et moi, j'ai failli m'étouffer avec toute cette fumée, se plaint Bess.

— Il vaut mieux rentrer de toute façon, déclare la jeune détective en démarrant. Si ce vent continue à souffler, le feu va durer plusieurs heures. On gênera les pompiers plus qu'autre chose.

Les deux cousines l'approuvent. D'autres spec-

tateurs commencent d'ailleurs à partir car le vent redouble de violence et les étincelles menacent d'atteindre les voitures. En quelques instants, un indescriptible embouteillage bloque l'allée qui conduit à la sortie du parc. Énervés, les conducteurs ne cessent de klaxonner ; les pare-chocs se heurtent et des propos désagréables fusent de toutes parts.

— Ça ne sert à rien de s'énerver ! lâche Marion, exaspérée. Si les gens ne se calment pas, on risque de passer la nuit ici !

Petit à petit, le cabriolet avance sur le chemin. La circulation est en train de s'améliorer lorsqu'une pluie d'étincelles s'abat sur les véhicules les plus proches de la maison. L'affolement est à son comble.

— Attention ! crie Marion. Cette voiture va nous rentrer dedans !

Mais le cabriolet d'Alice est coincé entre plusieurs véhicules. La jeune fille tente une manœuvre désespérée, en vain. L'homme a perdu le contrôle de son auto. Crac ! Avec un grand bruit, il heurte l'arrière de la voiture et les trois amies sont projetées vers l'avant.

L'espace d'un instant, elles restent hébétées. Heureusement, elles ont eu plus de peur que de mal. Alice saute à terre et fait le tour du cabriolet pour constater les dégâts. Une aile est cabos-

sée et le pare-chocs arrière, arraché d'un côté, traîne sur le sol.

Très irritée, la jeune fille se retourne vers le coupable mais sa colère retombe vite. À l'évidence, l'homme est sincèrement désolé de ce qui vient de se produire. Elle se contente alors de lui demander son nom et son adresse.

— Je suis M. Weston, j'habite à Stanford, bredouille le conducteur maladroit.

— Pouvez-vous aussi me donner le nom de votre compagnie d'assurances, monsieur ? continue la jeune détective.

L'homme paraît très embarrassé.

— Je... je suis navré. Je ne sais plus très bien où j'en suis. Excusez-moi, s'il vous plaît, je n'arrive plus à m'en souvenir. Et je n'ai pas la carte de la compagnie sur moi. Mais je préviendrai mon assureur de l'accident. Vous n'aurez qu'à m'envoyer la facture du garage et je paierai le montant des réparations.

Devant l'air hésitant d'Alice, il ajoute :

— Vous pouvez être tranquille, mademoiselle, vous serez dédommagée sans tarder, je vous le promets.

S'excusant de nouveau, M. Weston remonte dans sa voiture et, non sans difficulté, la dégage de l'encombrement avant de disparaître.

— Cet homme est un véritable danger public.

Il mériterait qu'on lui retire son permis ! décrète Marion.

— Comment est-ce qu'on va rentrer à River City ? On ne peut pas rouler avec ce pare-chocs défoncé ! fait observer Bess.

— On n'a pas le choix : il faut trouver un garage, tranche Alice.

Une fois de plus, les trois jeunes filles remontent en voiture. Alice passe la première et, lentement, appuie sur l'accélérateur.

— Quel vacarme ! grommelle Marion. On dirait que tout l'arrière va se détacher !

Très vite, la conductrice est contrainte de s'arrêter car la circulation est de nouveau bloquée. Heureusement, un jeune homme prend l'initiative de diriger les opérations pour désengorger la route. En quelques minutes, avec une habileté d'agent de police expérimenté, il libère le passage. Obéissant à ses indications, les véhicules se mettent à rouler en file indienne et les trois amies franchissent bientôt la grille du domaine Raybolt.

En passant auprès du policier improvisé, Alice a la surprise de reconnaître une nouvelle fois son ami Ned Nickerson.

— Décidément, je ne peux pas faire un pas sans tomber sur toi aujourd'hui ! lui crie-t-elle en riant.

— Et il suffit que je m'éloigne de toi pendant quelques minutes pour que tu aies un accident de

voiture, à ce qu'on dirait, raille le jeune homme en apercevant le pare-chocs embouti du cabriolet. Gare-toi, je vais y jeter un œil.

La jeune fille se range aussitôt sur l'accotement.

— Tu ne nous avais pas prévenues que Ned était ici, lance Marion à son amie, en se dirigeant vers le jeune homme pour lui dire bonjour.

— Dommage que Daniel et Bob ne soient pas avec toi, soupire Bess, en cherchant vaguement du regard les deux camarades de l'étudiant avec qui sa cousine et elle s'entendent si bien.

— Désolé, les filles, il n'y a que moi pour vous servir aujourd'hui, répond Ned, le sourire aux lèvres. Et maintenant, voyons un peu ce qui est arrivé à cette voiture.

Le jeune homme s'approche du véhicule et inspecte minutieusement le train arrière. Au bout de quelques instants, il se relève et affirme :

— Ce n'est pas trop grave, mais il faut tout de même effectuer quelques réparations assez vite.

— Tu sais où je pourrais trouver un garage ? l'interroge Alice. Il commence à se faire tard et j'ai peur de me heurter à des portes closes partout.

— Il y en a un à Mapleton, à trois kilomètres d'ici. Je connais bien le mécanicien, il acceptera de t'aider, ne t'inquiète pas.

— Je me demande si je vais pouvoir rouler jusque-là.

— Ça devrait aller, lui certifie son ami. L'essieu n'a pas l'air en trop mauvais état.

— Oui, mais avec ce pare-chocs cassé...

— Je vais arranger ça. Au point où il en est, mieux vaut l'arracher tout à fait.

Et joignant le geste à la parole, le jeune homme pèse de toutes ses forces sur le pare-chocs, le détache et le fourre dans le coffre.

— Voilà, c'est réglé ! conclut-il. Je vais vous accompagner jusqu'à Mapleton, en roulant derrière vous. Comme ça, je serai là en cas de besoin.

Alice accepte avec reconnaissance et, peu après, les deux voitures pénètrent dans le garage de Mapleton. Après avoir examiné le cabriolet, le mécanicien rend son verdict :

— En une heure, je peux réparer les feux arrière. Mais si vous voulez que je remette en place le pare-chocs, il faudra me laisser votre voiture jusqu'à demain ou la confier à votre garagiste habituel.

— Une heure ? répète la propriétaire du cabriolet. Dans ce cas, on va attendre, parce qu'il faut absolument qu'on soit de retour à River City ce soir même.

— Je vais en profiter pour vous offrir une glace, propose Ned. Je connais une bonne pâtisserie à quelques pas d'ici.

Ravies de cette proposition, les jeunes filles ne se font pas prier. Mais auparavant, elles téléphonent à leurs parents afin de les prévenir qu'elles seront en retard. L'heure s'écoule rapidement en joyeuses discussions et dégustations, puis tous retournent au garage.

— Encore dix minutes et je vous rends votre voiture, leur assure le mécanicien.

Les jeunes gens ressortent donc et font quelques pas dans la rue. Soudain, leur attention est attirée par un groupe d'hommes qui, debout devant un arrêt de bus, discutent de l'incendie.

— Cette histoire me paraît louche, grommelle un homme à cheveux blancs. Comment un feu peut-il se déclarer dans une maison inoccupée depuis deux ou trois ans ?

— En tout cas, ce n'est pas moi qui vais m'apitoyer sur ce vieux grigou de Raybolt, rétorque un autre. Il n'a aucun scrupule et ne pense qu'à s'enrichir. Il ne mérite aucune pitié.

— Ça ne m'étonnerait pas qu'il ait allumé lui-même l'incendie pour toucher le montant de l'assurance ! commente un troisième.

Les quatre amis n'ont pas le temps d'en apprendre davantage. Le garagiste vient leur annoncer que la réparation est terminée. Ned sort la voiture du garage pendant qu'Alice règle la facture, sans oublier de demander un reçu pour se faire rembourser par la compagnie d'assurances

du conducteur qui l'a heurtée. Puis elle rejoint les autres.

— On dirait que M. Raybolt n'est pas très apprécié dans le coin, fait-elle remarquer en remplaçant Ned au volant.

— Ça, tu peux le dire ! confirme celui-ci. Il est aussi populaire qu'un renard dans une basse-cour ! D'ailleurs, on l'appelle Félix le Renard. Et je t'assure qu'il mérite bien son surnom !

Son visage prend une expression soucieuse et, se penchant vers son amie, il ajoute :

— Je me demande qui peut avoir mis le feu à son manoir. Quelque chose me suggère, à moi aussi, qu'il ne s'agit pas d'un accident...

— C'est bien mon avis, réplique la jeune fille avec un sourire complice.

— Les amis, si ça ne vous dérange pas trop, vous roucoulerez un autre jour, intervient Marion. Il va bientôt faire nuit et il vaut mieux ne pas trop tarder.

— Tu as raison, allons-y, répond Alice en rougissant.

— Oui, rentrez vite, renchérit Ned. Mais attendez-vous à me revoir bientôt : j'ai bien l'intention de vous aider à tirer cette affaire au clair !

chapitre 3

Le mystérieux carnet vert

Bientôt, les trois amies roulent enfin en direction de River City.

— Tu dois être contente, Alice, la taquine Bess. Non seulement tu as une nouvelle énigme à résoudre, mais en plus, le beau Ned vient en renfort. Quelle chance !

Mais la jeune détective ignore la pique de son amie et fait mine de s'absorber dans la conduite de la voiture.

— Papa va avoir un choc en découvrant l'état du cabriolet, finit-elle par dire.

— Ne change pas de sujet, la reprend Marion avec malice. Tout le monde sait que Ned est amoureux de toi depuis des siècles !

— Mais non, c'est juste un ami, proteste Alice. On se connaît depuis toujours.

— À d'autres ! s'exclame Marion en éclatant de rire.

— J'avais l'intention de vous parler d'un indice que j'ai trouvé sur les lieux de l'incendie, mais si vous avez décidé de m'embêter..., déclare la conductrice, feignant d'être vexée.

— Tu ne peux pas nous punir comme ça ! s'indigne Bess.

— Bon, je vous pardonne pour cette fois.

En fait, Alice meurt d'envie de raconter à ses amies ce qu'elle a découvert près de la maison et de savoir ce qu'elles en pensent. Elle leur dresse donc un portrait détaillé de l'inconnu qu'elle a vu s'enfuir du manoir.

— C'est sûrement lui qui a mis le feu ! s'écrie Bess. Sinon, il n'aurait pas eu peur quand tu l'as surpris.

— À moins que ce ne soit un vagabond qui s'était réfugié dans la maison car elle était inhabitée, suggère Marion après un instant de réflexion. Il a peut-être causé involontairement l'incendie, en laissant tomber une bougie allumée par exemple.

— J'y ai pensé aussi, admet la jeune détective. Mais, dans ce cas, l'incendie ne se serait pas propagé avec une telle violence. Et puis, souviens-toi de l'explosion qu'on a entendue. C'est juste après que la maison a pris feu d'un seul coup.

— Oui, c'est vrai, convient Marion. Bah ! On verra bien le rapport des experts.

La circulation étant très fluide à cette heure tardive, les jeunes filles atteignent rapidement River City. Après avoir déposé chacune des cousines chez elle, Alice repart aussitôt, impatiente de rentrer. Quand elle s'engage dans l'allée du jardin, son père et Sarah, la gouvernante qui l'a tendrement élevée depuis la mort de Mme Roy, accourent à sa rencontre. M. Roy est un homme grand et distingué. La ronde Sarah a un doux visage qui exprime une infinie tendresse.

— Tu vas bien ? demandent-ils en chœur.

— Je me porte comme un charme ! répond-elle, un grand sourire aux lèvres. En revanche, ma pauvre voiture est en piteux état !

— Du moment que toi, tu n'as rien, je m'en moque, réplique M. Roy.

Puis il ajoute en riant :

— Dire que je vais encore avoir un procès sur les bras !

— Un procès ? répète la jeune fille, surprise. Ah oui ! Pourtant, tu te trompes : ce n'est pas moi qui ai embouti une voiture, mais un maladroit qui est venu se jeter sur la mienne. J'ai pris son nom et son numéro d'immatriculation et, dès que le garagiste aura établi le devis pour les réparations, j'enverrai la facture à ce M. Weston.

Comme elle achève son explication, tous trois

pénètrent dans la maison et Sarah retourne à la cuisine, tandis qu'Alice et son père vont s'asseoir au salon. La jeune fille lui relate alors les événements de la journée.

— Parle-moi un peu de cet incendie, réclame M. Roy. À qui cette maison appartient-elle ?

— À Félix Raybolt, m'a-t-on dit.

— Félix Raybolt ! Félix le Renard ! s'exclame M. Roy.

— Comment ! Tu le connais ?

— De réputation seulement... et ça ne me donne pas particulièrement envie de le connaître davantage. Mais il se trouve qu'aujourd'hui même j'ai accepté une affaire contre lui. Mon client, Arnold Simpson, l'accuse d'escroquerie.

— Tu peux me donner des informations sur ce M. Raybolt, papa ?

— C'est un homme d'affaires influent. J'ai cru comprendre qu'il était très riche.

— D'où lui vient cet argent ?

— Il s'occupe de brevets industriels et, apparemment, a bâti ainsi sa fortune.

— Tu veux dire que c'est un inventeur ?

— Non. Il se contente d'acheter les inventions des autres et de tirer profit de leurs idées.

— C'est légal ?

— Oui, il a le droit d'acquérir un brevet et de l'exploiter ou de le revendre. Ce qui est illégal, en revanche, c'est de berner l'inventeur, en lui

promettant de lui payer un fort pourcentage lorsqu'il aura lancé son brevet sur le marché et de ne pas le faire ensuite. C'est exactement ce que mon client reproche à Raybolt. Il semblerait que celui-ci lui ait acheté à un prix ridiculement bas le brevet d'un appareil destiné à des ascenseurs et l'ait ensuite revendu à une usine pour une somme beaucoup plus importante. Quand M. Simpson a exigé sa part, Raybolt l'a mis à la porte en lui riant au nez.

— Je comprends mieux pourquoi on ne l'aime pas..., commente pensivement la jeune détective. Et ça ne m'étonnerait pas que quelqu'un ait mis le feu à sa maison pour se venger.

— C'est possible, convient l'avocat.

La jeune fille reste songeuse un moment, puis déclare :

— Je vais me coucher, papa, je suis épuisée. À demain.

Alice embrasse son père et Sarah, puis se retire dans sa chambre. Comme elle ôte sa robe, le carnet vert qu'elle a trouvé dans le parc des Raybolt tombe à terre.

« Je l'avais complètement oublié, se dit-elle en le ramassant. Il contient peut-être un indice. »

Malgré sa fatigue, la jeune fille s'assoit sur son lit, oriente la lampe de manière à bien voir, et, avec excitation, ouvre le calepin.

« Tiens, c'est une sorte d'agenda, remarque-

t-elle en voyant que les textes sont séparés par des dates. Le propriétaire a peut-être écrit son nom et son adresse quelque part. »

S'adossant à son oreiller, elle regarde la première page avec attention. À sa grande stupéfaction, elle constate que les mots sont rédigés dans une langue étrangère.

« Ça se complique », songe-t-elle, avec désappointement.

Après un examen prolongé, elle découvre enfin deux mots qui lui sont familiers : *Adjô* : au revoir, et *god vän* : cher ami. C'est du suédois. Alice se rappelle en effet avoir entendu une de ses camarades de collège, suédoise d'origine, les employer.

« Zut ! maugrée-t-elle en son for intérieur. Il faut absolument que je déniche quelqu'un qui parle le suédois. Quel dommage que Karen ne soit plus à River City ! »

Dépitée, la jeune fille éteint la lumière et, une minute plus tard, sombre dans un profond sommeil.

Lorsque, le lendemain, la sonnerie du téléphone la réveille, Alice a l'impression d'avoir dormi quelques instants à peine. Pourtant, le soleil brille haut dans le ciel et, en jetant un œil à son réveil, elle constate qu'il est plus de neuf heures. Comme elle bondit hors de son lit, on frappe à la porte.

— Bonjour, Alice, claironne Sarah en entrant.

Il y a un jeune homme qui veut te parler au téléphone.

— Je descends tout de suite. Surtout qu'il ne raccroche pas !

En moins d'une minute, la jeune fille est en bas.

— Je te réveille ? lance une voix sympathique à l'autre extrémité du fil. C'est Ned.

— Euh..., bredouille la jeune fille, prise au dépourvu.

— J'ai fait un saut au manoir Raybolt ce matin, reprend le jeune homme, et j'ai ramassé quelque chose qui pourrait t'intéresser...

— Qu'est-ce que c'est ? le presse Alice, comme son interlocuteur fait durer le suspense.

— Une bague, ou plutôt une chevalière. Il y a un « D » gravé dessus.

— Tu l'as trouvée où ? Dans les décombres ?

— Non. Les pompiers ont clôturé la zone, on ne peut pas s'approcher des ruines. Je l'ai découverte près de la haie, derrière la maison.

Un bref silence suit tandis que la jeune détective réfléchit.

— Est-ce que cette chevalière porte par hasard une inscription en suédois à l'intérieur ? demande-t-elle enfin. Si c'est le cas, je crois que je sais à qui elle appartient...

Elle songe en effet à l'inconnu qu'elle soup-

çonne d'être également le propriétaire du mystérieux carnet.

— Il y a une inscription en langue étrangère, oui, mais je suis incapable de la lire. Tu veux voir cette bague ?

— Oh oui ! s'enthousiasme la jeune fille. Ça pourrait me mettre sur une piste.

— Alors, je passerai te l'apporter chez toi ce soir après le dîner. Comme tu peux le constater, je n'ai pas mis longtemps à trouver un prétexte pour venir te voir !

— J'aurai des choses à te révéler, moi aussi. À ce soir, Ned ! répond la jeune fille en riant.

Lorsque le jeune homme a raccroché, Alice remonte dans sa chambre pour s'habiller. Alors qu'elle s'apprête à quitter sa chambre, son regard est attiré par le petit carnet vert, qu'elle a laissé sur la table de chevet. Elle le feuillette à nouveau rapidement, puis l'enferme dans le tiroir supérieur de son bureau, avec ses papiers les plus précieux.

« Dommage que je n'aie pas le temps de le faire traduire tout de suite, mais il faut d'abord que j'amène ma voiture au garage », décide-t-elle.

Elle descend en courant l'escalier et pénètre en coup de vent dans la cuisine. M. Roy est déjà parti pour son cabinet. Sarah pose devant elle un bol fumant et des viennoiseries.

— Hum ! s'exclame Alice, des croissants chauds ! Tu me gâtes toujours autant !

Tout en savourant son petit déjeuner, la jeune fille parle à la gouvernante du carnet rédigé en suédois.

— J'imagine que tu préfères que ce soit une personne discrète qui le traduise ? suppose Sarah. Je n'ai pas souvent l'occasion de t'aider dans ton domaine, mais cette fois, je crois que je peux t'être utile...

chapitre 4

La chevalière

— Sarah, tu veux dire que tu connais le suédois ? s'écrie la jeune détective, toute joyeuse.

— Pas exactement, non... mais mon vieil ami le pâtissier, M. Peterson, est suédois. Il a quitté le quartier depuis longtemps et s'est installé à l'autre bout de la ville. Tu ne dois plus te souvenir de lui...

— Si, si, je me rappelle ! Quand j'étais petite, tu m'emmenais souvent acheter des gâteaux chez lui.

— Et quand je résistais à tes demandes, il t'en offrait lui-même, enchaîne la gouvernante, une lueur amusée dans les yeux. Tu étais sa petite cliente préférée. Je suis sûre qu'il se fera un plaisir de traduire ce carnet pour toi.

— Sarah, tu es un ange ! Tu as toujours des

idées géniales. Dès que j'aurai un instant, j'irai rendre visite à M. Peterson. Ce matin, il faut absolument que je m'occupe de ma voiture.

Quelques minutes plus tard, la jeune fille quitte la maison pour se rendre à son garage habituel. Après avoir rapidement examiné le cabriolet, le mécanicien lui promet de le lui rendre réparé le lendemain, dans l'après-midi. Alice repart donc à pied. En route, elle entend soudain prononcer son nom. Se retournant, elle aperçoit Bess et Marion qui courent pour la rejoindre.

— Toi, tu étais en train de penser à Ned, affirme Marion, avec un sourire amusé, en arrivant à sa hauteur. On t'a appelée au moins trois fois !

Le visage de la jeune détective s'éclaire et prend une expression malicieuse.

— Justement, il m'a téléphoné ce matin, annonce-t-elle avec emphase.

— Étonnant, non ? raille Bess.

— Il a trouvé une bague près de la haie qui borde le parc Raybol et il a pensé que ça pourrait m'intéresser.

— Beau prétexte, en effet, admet Bess. Bien joué !

— Je me demande si elle n'appartiendrait pas à l'inconnu que j'ai aperçu. J'ai hâte de la voir.

— Et de voir Ned par la même occasion..., conclut Marion.

— Vous êtes incorrigibles ! lance Alice avant de s'éloigner en riant.

Quand la jeune fille rentre chez elle, le repas est déjà prêt. Elle déjeune en compagnie de Sarah, qui écoute avec un vif intérêt le récit qu'elle lui fait de la découverte de Ned.

— Et tu penses que cette chevalière va te fournir un indice ? demande-t-elle.

— Oui, j'espère qu'elle me conduira au propriétaire du carnet. D'ailleurs, cet après-midi, je vais l'étudier attentivement pour voir si je n'y repère pas un nom commençant par « D ».

— Tu ne devais pas aller chez M. Peterson ?

— Un peu plus tard. Je voudrais d'abord téléphoner à Mme Swenson et prendre des nouvelles de Jenny. J'aimerais également savoir si elle a enfin reçu les chèques de son mari.

Malheureusement, lorsque Alice compose le numéro, les renseignements lui apprennent qu'il n'y a plus d'abonné. La jeune détective en conclut que Mme Swenson, à court d'argent, a dû renoncer au téléphone.

« Dès que j'aurais récupéré ma voiture, je ferai un saut jusque chez elle, décide la jeune fille. Si seulement elle voulait bien accepter mon aide ! »

Alice se plonge ensuite dans l'étude du fameux petit carnet. Hélas, malgré son application, elle n'y découvre pas le moindre nom commençant par « D ».

« Inutile de m'acharner plus longtemps, je n'en tirerai rien tant que je n'aurai pas vu M. Peterson », finit-elle par conclure.

Peu après, M. Roy rentre de son travail. Alice lui annonce que son ami Ned Nickerson viendra juste après le dîner.

— Il doit m'apporter une bague, lui explique-t-elle.

— Une bague ? J'espère qu'il n'a pas l'intention de me demander ta main ce soir ! repartit l'avocat avec un large sourire.

— Oh ! papa, tu es pire que Bess et Marion ! s'écrie la jeune fille, feignant l'exaspération. Ned essaie juste de m'aider dans l'affaire de l'incendie.

— Me voilà rassuré, répond l'avocat, une lueur malicieuse dans les yeux. Je ne serai pas obligé de lui expliquer que je ne me sens pas prêt à te voir quitter la maison pour te marier.

— Vraiment, vous avez tous juré de me faire enrager !

Et, riant de bon cœur, Alice embrasse son père et court à la cuisine. Bien que Ned ne vienne que « pour affaires », elle supplie Sarah de leur servir dans la soirée un des délicieux gâteaux dont elle a le secret.

Après le souper, la jeune fille monte dans sa chambre passer une jolie robe à fleurs et se recoiffer et redescend juste au moment où la sonnette

retitit. Elle se dépêche d'aller ouvrir à Ned et le fait entrer au salon. M. Roy serre la main du jeune homme avec chaleur. Il affectionne particulièrement l'ami de sa fille et celui-ci apprécie également beaucoup l'avocat en retour. Tous trois s'installent dans le salon et la conversation s'engage sur l'incendie de la veille. La jeune détective raconte alors au jeune homme ce qu'elle a découvert sur les lieux du sinistre, puis, folle d'impatience, elle demande :

— Je peux voir la chevalière, Ned ?

Son ami sort la bague de sa poche et la lui tend. C'est le genre de chevalière que les hommes portent au petit doigt de la main gauche. L'initiale ressort en noir sur une monture en argent.

— On dirait un bijou ancien, observe-t-elle en la tendant à son père. Regarde : il y a une inscription en suédois à l'intérieur. Karen, mon amie suédoise, répétait souvent cette formule : *Bär denna med tur :* qu'elle vous porte chance !

À cet instant, le téléphone sonne et M. Roy se dirige vers son bureau. Au bout de quelques minutes, il revient.

— Je suis désolé de devoir vous quitter, dit-il à son jeune hôte. Je dois retourner à mon cabinet. Un fait nouveau vient de se produire dans l'affaire dont je m'occupe en ce moment. Passez une bonne soirée tous les deux.

Après le départ de l'avocat, Ned raconte plus

en détail à son amie comment il a découvert la bague. Par curiosité, il s'est rendu de bonne heure sur les lieux de l'incendie. La maison n'est plus qu'un tas de cendres et de pierres noircies.

— Tu sais si les enquêteurs ont détecté la cause du sinistre ? le questionne Alice.

— Ils n'ont toujours pas déterminé pour l'instant ce qui a déclenché un incendie d'une telle violence.

Après un instant de silence, Ned reprend :

— Cette affaire est bizarre. Le vieux Raybolt va avoir un choc quand il apprendra la nouvelle !

— Il n'est pas encore au courant ?

— Non, je ne crois pas. Les Raybolt sont toujours en voyage. La police a essayé de les joindre à l'hôtel de la station balnéaire où ils descendent d'habitude, mais ils n'y étaient pas.

— Tu penses qu'ils vont perdre une grosse somme ?

— Oui, même s'ils ont une assurance qui les couvre, ils possédaient une collection d'objets précieux impossible à remplacer.

— Ils risquent d'avoir du mal à s'en remettre.

— Peut-être, mais les gens estiment que Raybolt l'a cherché. Il y a pas mal de rumeurs qui circulent sur lui et elles n'ont rien de positif. On dit qu'il a bâti sa fortune en escroquant d'autres personnes.

La jeune détective acquiesce. Elle se rappelle ce que son père lui a confié à ce sujet.

— Alice, je vais devoir y aller. Il se fait tard. Tu veux garder la bague ?

— Oui, s'empresse-t-elle de répondre. L'inscription me permettra peut-être de retrouver le propriétaire.

— C'est ce que je pense aussi. Tiens-moi au courant quand tu auras du nouveau.

Ned s'apprête à descendre les marches du perron lorsque James Roy apparaît au détour de l'allée. Alice l'informe alors que les Raybolt ignorent encore sans doute que leur maison a été réduite en cendres. L'avocat paraît étonné :

— C'est bizarre qu'on ne parvienne pas à les joindre... Dans ce cas, il va falloir que je m'en occupe moi-même, dans l'intérêt de mon client.

— Ce serait une bonne idée, papa. M. Raybolt pourra peut-être éclairer la police sur les causes de l'incendie.

— C'est possible, convient l'avocat.

Quelques minutes plus tard, Ned prend congé.

— Décidément, j'aime beaucoup ce garçon, affirme James Roy.

— Moi aussi ! dit Alice en riant.

Elle embrasse son père et court dans sa chambre. Avant de se coucher, elle examine la chevalière à la loupe, puis la range dans le tiroir à côté du carnet vert.

« J'ai maintenant deux indices. Reste à savoir s'ils ont un lien entre eux. »

En se déshabillant, Alice prend la décision d'aller dès le lendemain chez son vieil ami le pâtissier.

« Il faut absolument que je découvre ce que ce calepin contient ! »

chapitre 5

Premiers soupçons

Le lendemain matin, Alice et Sarah prennent le bus pour se rendre à la pâtisserie de M. Peterson. À leur entrée dans la boutique, où règne une délicieuse odeur de pain frais, elles sont très déçues de ne pas apercevoir leur vieil ami derrière son comptoir.

— M. Peterson n'est pas ici ? demande la jeune fille à une vendeuse.

— Non, lui répond celle-ci. Il est malade.

— J'espère que ce n'est pas trop grave. Vous voudrez bien lui transmettre qu'Alice Roy et Sarah sont venues lui dire bonjour ?

— M. Peterson pense descendre au magasin cet après-midi.

— Nous reviendrons alors.

Sarah achète quelques petits pains et, en compagnie d'Alice, sort de la boutique. La jeune détective s'efforce de cacher sa déception.

— Tant pis, bredouille-t-elle avec un sourire. Je réessaierai plus tard.

De retour chez elle, Alice examine une nouvelle fois le carnet vert.

« Il y a peut-être des passages en anglais que je pourrais comprendre » se dit-elle.

Comme elle étudie les pages depuis plusieurs minutes, quelques mots retiennent soudain son attention.

Riverwood Cottage, Sandy Creek.

— Ça alors ! s'écrie-t-elle, interloquée. C'est l'adresse des Swenson !

Très agitée par ce qu'elle vient de découvrir, elle se précipite vers le téléphone et appelle Bess, puis Marion, pour les prier de la rejoindre chez elle. Lorsque les deux cousines arrivent, à peine un quart d'heure plus tard, elles n'ont même pas besoin d'appuyer sur la sonnette. Alice, qui les guettait avec impatience, leur ouvre dès qu'elles ont posé un pied sur le perron. Elle les fait entrer dans le salon et leur montre sans attendre l'adresse écrite sur une page du carnet.

— *Riverwood Cottage, Sandy Creek* ! déchiffre Bess à voix haute comme si elle ne parvenait pas

à en croire ses yeux. Mais c'est l'adresse de Jenny et de sa mère !

— L'affaire se corse, déclare Marion, perplexe.

Alice hoche la tête. Elle a parfaitement conscience d'être tombée sur un indice précieux, mais très troublant. Serait-il possible que le carnet vert appartienne au père de Jenny et que celui-ci ait mis le feu à la maison Raybolt ? Mais, dans ce cas, quels ont pu être ses mobiles ? Quelque chose dit à la jeune détective qu'elle est sur la bonne voie, mais qu'en exploitant cette découverte elle risque de briser le cœur de la petite fille et de sa mère.

Elle pousse un soupir :

— Pour l'instant, c'est tout ce que ce j'ai pu tirer du carnet. Et j'ai peur que les conséquences n'en soient terribles.

Le visage grave, les deux cousines approuvent.

— Qu'est-ce qui aurait pu pousser un homme comme M. Swenson à commettre un acte pareil ? s'interroge Bess, rompant le silence. Quand on connaît sa femme et sa fille, on a du mal à imaginer qu'il puisse être un criminel. Et pourtant, plusieurs indices sont contre lui : cette adresse, son nom à consonance suédoise...

— Rien ne nous dit que ce bijou soit à lui, intervient vivement la jeune détective. C'est un « D » qui est gravé dessus, rappelle-toi. Or les initiales de M. Swenson sont J. S.

— C'est vrai, mais il n'en reste pas moins que le carnet lui appartient probablement, ou du moins qu'il appartient à quelqu'un qui le connaît, estime Bess. Sinon, son adresse ne serait pas notée dedans. Quel dommage qu'on n'ait pas de photo de lui ! Tu aurais pu voir s'il ressemblait à ton inconnu.

— Oui. Comme je voudrais le rencontrer ! soupire la jeune détective.

Elle met ainsi ses amies au courant de sa vaine tentative pour joindre les Swenson.

— Qu'est-ce que tu vas faire du carnet, Alice ? s'inquiète Bess. Le confier à la police ?

— Non, répond fermement son amie. Je voudrais d'abord qu'on me le traduise pour savoir si ce qu'il contient ne risque pas de causer un drame chez les Swenson.

— De toute façon, nous n'avons pas de preuve tangible que l'homme qui s'est enfui de la maison des Raybolt et M. Swenson ne sont qu'une seule et même personne, reprend Marion après s'être absorbée un moment dans de profondes réflexions. Et puis, nous ignorons même si ton inconnu est suédois ou non, bien que, d'après ta description : blond, teint très clair, ça ne soit pas impossible.

— Si le fuyard est bien M. Swenson et si c'est lui qui a mis le feu, il sera arrêté tôt ou tard, murmure Bess d'un air soucieux.

— Oui, confirme Alice. Et pourtant, je n'arrive toujours pas à croire que le père de Jenny puisse être un criminel. Cette petite fille est si gentille et sa mère est une femme si digne !

— L'idée qu'elles pourraient être mêlées à une histoire de ce genre me rend malade ! déclare Marion avec une réelle tristesse. Qu'est-ce qu'elles deviendront si M. Swenson est envoyé en prison ?

— Ne soyons pas trop pessimistes, la coupe la jeune détective. Comme tu l'as fait remarquer tout à l'heure, il se peut très bien que ni le carnet vert ni la chevalière n'appartiennent à M. Swenson.

— Il faut absolument que tu résolves cette énigme, Alice, conclut Marion. C'est peut-être l'occasion ou jamais de venir en aide à Mme Swenson et à sa fille comme on le souhaite tant toutes les trois !

— Si seulement ma voiture était prête ! se lamente Alice qui bout d'impatience de passer à l'action.

— Tu dois la récupérer quand normalement ? s'informe Bess.

— Cet après-midi. Mais on peut toujours aller voir le mécanicien. On ne sait jamais : il aura peut-être fini. Vous venez ? Au retour, on s'arrêtera au cabinet de mon père. Je voudrais lui demander s'il a retrouvé la trace des Raybolt.

Au garage, les jeunes filles sont très déçues

quand le garagiste leur annonce que la réparation n'est pas terminée. Il leur promet néanmoins de leur rendre la voiture à seize heures. Elles flânent donc un moment dans les rues, puis se dirigent vers le cabinet de James Roy. Comme à l'accoutumée, le père d'Alice est très occupé. Il trouve cependant le moyen de consacrer quelques minutes aux trois amies.

— J'ai confié à ma secrétaire le soin de faire les démarches nécessaires, explique-t-il à sa fille. Mais, pour l'instant, elle n'a trouvé trace ni de M. Raybolt ni de sa femme. C'est à croire qu'ils se sont évaporés dans la nature.

— Ou qu'ils se cachent quelque part..., suggère la jeune détective.

— Je ne pense pas. À mon avis, ils donneront signe de vie dès qu'ils apprendront la catastrophe. Quoi qu'il en soit, je poursuis les recherches.

Il est près de midi quand les jeunes filles ressortent. Bess et Marion déclarent qu'il est grand temps pour elles de rentrer déjeuner.

— Et si vous veniez déjeuner chez moi ? propose Alice. Après, on ira ensemble voir M. Peterson. Si ça ne vous ennuie pas de prendre le bus, bien sûr.

Bess et Marion sourient à cette dernière remarque et s'empressent d'accepter l'invitation de leur amie. Elles sont aussi anxieuses qu'elle de connaître le contenu du carnet vert. Sarah leur

sert un délicieux repas, si bien qu'il est près de trois heures lorsque les jeunes filles montent dans le bus qui doit les conduire chez le pâtissier suédois.

Alors qu'elles descendent à quelques pas de la pâtisserie, elles ont la surprise de voir une ambulance arrêtée juste devant la vitrine. Autour de la voiture, un petit groupe de badauds s'est formé.

— Il a dû y avoir un accident ! conclut Alice. Pourvu que M. Peterson aille bien !

Comme elles approchent de la porte, l'ambulance démarre en actionnant sa sirène.

— Qu'est-ce qu'il se passe ? demande la jeune détective à une femme. Quelqu'un est blessé ?

— Non. Mais le pâtissier est très malade. Le docteur a décidé de l'hospitaliser. Il en a sûrement pour plusieurs jours.

— Ça n'arrange pas nos affaires ! s'exclame Bess. Qu'est-ce que tu comptes faire, Alice ? Le pauvre M. Peterson n'est pas près de te traduire ce carnet.

Préoccupée avant tout par la santé de son vieil ami, la jeune détective ne répond pas tout de suite. Finalement, devant l'air découragé de ses amies, elle lance :

— Ne faites pas cette tête. On va quand même poursuivre notre enquête. Ma voiture doit être prête à l'heure qu'il est. On peut partir tout de

suite pour Sandy Creek, voir Jenny et sa mère, si vous êtes d'accord.

— Excellente idée ! approuvent les deux cousines à l'unisson.

À leur grande joie, elles trouvent le cabriolet en parfait état de marche. Et, quelques minutes plus tard, les trois amies roulent en direction de Sandy Creek. En passant devant le domaine des Raybolt, la conductrice ralentit. Elles contemplent non sans tristesse les ruines calcinées de la belle demeure. Une quinzaine de kilomètres plus loin, la route est barrée.

— Une déviation, grommelle Marion. Hier, pourtant, il n'y avait rien.

— Bah ! Elle n'a pas l'air bien importante, dit Bess, optimiste. J'en vois la fin d'ici.

La route est en effet fermée à la circulation pour permettre la construction d'un nouveau pont en acier. Un chemin descend en serpentant dans la vallée avant d'aboutir à une passerelle qui enjambe la rivière Muskoka avant de rejoindre la route, à quatre cents mètres au sud.

— On va perdre du temps sur ce chemin de terre, fait remarquer Alice en s'engageant dans la déviation. Ma pauvre voiture ! À peine remise en état, la voilà de nouveau mise à rude épreuve !

Effectivement, le sol est défoncé et glissant à cause des pluies torrentielles qui se sont abattues ces derniers jours sur la région. De plus, la voie

est étroite. Deux voitures peuvent à peine se croiser. Bien qu'Alice conduise lentement, les trois jeunes filles sont violemment cahotées.

Un moment plus tard, elles entendent derrière elles des coups de klaxon répétés. En se retournant, Marion aperçoit une grosse voiture noire toute cabossée.

— C'est une vieille voiture, commente-t-elle machinalement.

— Je l'ai vue. Le conducteur n'a qu'à patienter. Il ne va quand même pas essayer de me doubler !

Mais celui-ci klaxonne de plus belle. Ce manège finit par exaspérer Alice.

— Qu'est-ce qu'il lui prend, à celui-là ? Il est fou !

Elle appuie sur la pédale, dans l'espoir de distancer son poursuivant, qui accélère aussi et se maintient à deux mètres tout au plus du cabriolet, klaxonnant toujours.

— S'il continue, je vais me mettre à hurler ! gémit Bess en se bouchant les oreilles.

Le cabriolet saute à chaque cahot. Marion se retourne et fusille du regard le conducteur.

— Surtout, ne serre pas plus à droite ! conseille-t-elle à Alice.

— Ça ne servirait à rien de toute façon. Sa voiture est trop large pour qu'on tienne de front sur cette route et je ne vais pas me jeter dans le fossé

pour lui faire plaisir ! Il peut quand même attendre qu'on rejoigne la grand-route !

— Je me demande pourquoi il est si pressé ! gronde Marion. Ça doit sûrement l'amuser de nous énerver...

— Si c'est ce qu'il cherche, il a réussi ! peste Bess.

Juste à ce moment, elles arrivent en vue de la passerelle ; la déviation se termine juste après.

— Enfin ! soupire Bess.

La voiture noire toujours derrière elle, Alice s'engage sur la passerelle.

— Brrr ! souffle Bess. Je ne me sens pas du tout rassurée. Ça ne m'étonne pas qu'on construise un nouveau pont.

— Tu m'étonnes ! Celui-là n'a pas l'air très solide, renchérit Marion comme une latte craque de façon inquiétante sous le poids du cabriolet. Si ce dérangé essaie de nous dépasser, on va se retrouver dans l'eau.

À leur grand désarroi, les trois amies entendent un sinistre craquement de planches derrière elles. La voiture noire s'est en effet encore rapprochée.

— Il est fou à lier ! s'écrie Marion. Le pont ne va jamais tenir sous le poids des deux véhicules !

Elle a à peine prononcé ces mots qu'un bruit de bois fendu leur parvient.

— Alice ! hurle Bess. Attention !

chapitre 6

Chez les Swenson

Au cri poussé par Bess, Alice regarde dans le rétroviseur et constate qu'en effet le conducteur s'apprête à la dépasser. Si elle veut éviter l'accident, il ne lui reste qu'une chose à faire : appuyer à fond sur l'accélérateur.

— Tenez-vous bien ! crie-t-elle.

Le cabriolet fait un bond en avant. Les trois jeunes filles retiennent leur souffle, espérant que la passerelle soit assez solide. Les planches craquent, gémissent, s'entrechoquent, mais tiennent bon. Alice vient à peine d'atteindre la route que la voiture noire la double à pleine vitesse, arrachant au passage le garde-fou de la passerelle. Sans s'en soucier le moins du monde, le conducteur poursuit sa course folle et disparaît à l'horizon.

— Cet homme est complètement inconscient ! explose Marion, furieuse. On devrait le jeter en prison !

— On aurait dû noter son numéro d'immatriculation pour porter plainte, ajoute Bess. Quel chauffard !

Alice sourit, soulagée.

— Je suis déjà contente de ne pas avoir à retourner au garage. J'ai trop besoin de la voiture en ce moment !

À mesure qu'elles approchent de Sandy Creek, l'indignation des deux cousines retombe. À l'entrée de la ville, Alice demande son chemin à un agent de police. Suivant ses indications, les trois amies parviennent bientôt à un groupe de petites maisons blotties les unes contre les autres le long du fleuve. Elles se mettent à scruter une à une les villas dégradées par les intempéries, à la recherche d'une plaque portant le nom de *Riverwood*. C'est Bess qui l'aperçoit la première.

— Regardez ! Jenny est dans le jardin, annonce-t-elle. Elle est toujours aussi mignonne !

Alice arrête la voiture juste devant la vieille maison. L'enfant joue au pied d'un arbre ; couché à côté d'elle, un grand chien semble monter la garde. En voyant les jeunes filles, il se lève et se met à grogner. Cependant, la petite fille ne remarque rien. Peu rassurées, les trois amies n'osent plus bouger : le chien a l'air féroce et

paraît déterminé à protéger sa petite maîtresse contre ces inconnues. Elles hésitent à regagner la voiture lorsque l'enfant se retourne. D'un bond, elle est debout et se précipite dans les bras des jeunes filles, qu'elle vient de reconnaître.

— Bonjour, Jenny, commence Alice. Ta maman est ici ?

L'enfant secoue la tête.

— Elle est allée jusqu'au bureau de poste voir s'il y a une lettre de papa. Je voulais l'accompagner, mais elle a dit que c'était trop loin.

— Ton papa n'est pas revenu ?

— Non, bredouille la petite. Il est parti depuis longtemps. Et maman est triste. C'est pour ça qu'elle est allée à la poste.

Les trois amies échangent des regards peinés. Mme Swenson est donc toujours sans nouvelles de son mari !

— Maman va bientôt revenir, reprend Jenny. C'est l'heure du dîner et j'ai faim. Elle m'a dit que, si elle vendait les œufs de nos poules, elle me rapporterait quelque chose de bon à manger. J'en ai marre des œufs. On en mange tous les jours depuis que papa n'est plus là.

Changeant brusquement de sujet, le petite fille leur parle de son chien, Dick.

— Papa et moi, on allait souvent le promener. Dick est triste sans papa ; et moi aussi. Venez à

la maison, je vais vous montrer les jouets que mon papa m'a fabriqués.

La petite conduit ses amies à l'intérieur. La salle de séjour est agréable et respire l'ordre et la propreté. Pourtant, il n'y a que peu de meubles, un mince tapis et pas de rideaux aux fenêtres. Le regard de la jeune détective est aussitôt attiré par une photographie qui trône sur une petite table.

— Tu peux me dire qui c'est ? demande-t-elle à la fillette.

— Mon papa ! clame l'enfant avec une fierté touchante.

Un profond désarroi s'empare d'Alice. Elle vient de reconnaître l'inconnu qu'elle a vu s'enfuir des lieux de l'incendie...

« Oh non ! gémit-elle en elle-même. Quelle terrible situation ! »

Pendant ce temps, Jenny a sorti ses jouets d'une armoire. Tous ont été réalisés à la main et plusieurs sont dotés d'un système mécanique.

— Mon papa est un inventeur, explique la fillette. C'est pour ça qu'il est parti... parce qu'il veut récupérer une de ses inventions.

Alice, Marion et Bess se regardent, horrifiées. La même pensée vient de leur traverser l'esprit. M. Swenson est un inventeur ; le carnet vert trouvé par Alice porte son adresse ; enfin, M. Raybolt est connu pour s'enrichir au détriment des inventeurs... Tout concorde !

Bess se précipite dans la cuisine pour dissimuler son émotion. Prise d'une impulsion soudaine, elle ouvre le réfrigérateur et les armoires. Tout est pratiquement vide. Elle revient et murmure quelques mots à l'oreille de ses compagnes.

— Il faut qu'on fasse quelque chose. On ne peut pas laisser Jenny et sa mère mourir de faim.

— Tu as raison, approuve Alice. Il est temps de passer à l'action. J'ai une idée ! On va organiser un pique-nique !

Bess et Marion la dévisagent sans comprendre. Leur amie leur détaille alors rapidement son plan : elle va retourner au centre-ville et acheter des provisions.

— On va préparer un festin, conclut-elle. Combien d'argent avez-vous sur vous ?

— Pas grand-chose, mais en réunissant le contenu de nos porte-monnaie, on trouvera bien de quoi remplir ces armoires, assure Marion.

— Tu n'as pas peur que Mme Swenson soit gênée par notre initiative ? murmure Bess, inquiète.

— J'essaierai d'être diplomate, affirme Alice.

Elle part à vive allure. À cinq cents mètres de là, elle aperçoit une femme qui avance d'un pas fatigué. C'est la mère de Jenny. Voyant son expression accablée, Alice comprend qu'elle n'a toujours pas reçu de nouvelles de son mari. Sans aucun doute, Mme Swenson espérait qu'il lui enverrait l'argent dont elle a tant besoin.

« Pauvre femme ! songe la jeune fille. Je n'aurai jamais le courage de lui parler du carnet que j'ai trouvé et de mes craintes. Si elle se doute que je soupçonne son mari, ça va lui briser le cœur. »

Elle ralentit et se gare sur le bas-côté.

— Bonjour, madame, dit-elle en ouvrant la portière.

Mme Swenson sursaute en reconnaissant Alice.

— Je vous ramène chez vous ? propose celle-ci.

— Mais vous alliez dans la direction opposée, proteste Mme Swenson.

— Ce n'est pas grave. Ça me ferait plaisir de bavarder avec vous.

Mme Swenson se laisse convaincre et la jeune fille la fait monter à côté d'elle.

— J'avais l'intention de faire quelques courses en ville, explique-t-elle. Si ça ne vous ennuie pas, je vais faire mes achats avant de vous ramener chez vous. Vous êtes d'accord ?

— Bien sûr, répond Mme Swenson avec un faible sourire. Je suis si fatiguée que je me demandais si j'aurais la force d'arriver jusque chez moi. Et pourtant, il ne faut pas que je tarde : ma petite fille m'attend.

Tout en l'écoutant, Alice cherche comment lui exposer leur projet de « festin ».

« Bah ! Autant que je me jette à l'eau, décide-t-elle. Si elle refuse, nous n'aurons plus qu'à rentrer toutes les trois à River City. »

chapitre 7

Le festin de Jenny

Une fois son projet dévoilé, Alice attend avec angoisse la réponse de Mme Swenson. Pendant le silence qui suit, elle croit lire dans les pensées de la jeune femme. Celle-ci se débat contre sa fierté.

— C'est tellement gentil de vous intéresser à nous comme ça..., murmure-t-elle enfin. Ça me touche vraiment beaucoup.

— Alors, je peux aller faire ces courses ?

— Bien sûr. Comment est-ce que je pourrais refuser cette joie à ma petite Jenny ? Depuis le départ de mon mari, sa vie n'est pas très gaie, bredouille Mme Swenson, au bord des larmes.

Cependant, elle se ressaisit vite et, d'une voix plus ferme, explique :

— Joe cherche du travail. Je suis persuadée

que d'ici quelques jours il nous enverra de l'argent. Je pourrai alors vous rembourser ce...

— Ah, mais non ! la coupe la jeune fille avec un sourire. C'est une fête que nous voulons offrir à Jenny... et à nous-mêmes. Pas question de nous rembourser, ça nous chagrinerait.

Au cours du trajet, la mère de la petite fille parle peu. Adossée au siège, elle a le visage pâle et tiré. Ses yeux bleus ont une expression infiniment douce, mais autour de sa bouche, des rides très fines trahissent ses préoccupations. Alice gare le cabriolet dans la rue principale de Sandy Creek et insiste pour que Mme Swenson l'aide à choisir les divers articles nécessaires au repas. Aux légumes et à la viande, la jeune fille ajoute des glaces, des fruits frais, des gâteaux, des packs de jus de fruits...

— Mais vous achetez de quoi nourrir toute une famille pendant au moins une semaine ! proteste Mme Swenson avec embarras.

C'est exactement l'intention d'Alice. Elle ne consent à écouter sa compagne que lorsqu'elle a pratiquement épuisé son argent et celui des deux cousines.

— Si ce n'était pas pour Jenny, je ne vous aurais jamais laissée dépenser une telle somme, affirme Mme Swenson en s'installant dans la voiture. Nous n'avons pas l'habitude d'accepter la charité. Quand mon mari travaillait, nous vivions

bien. Et tout irait encore très bien s'il n'avait pas été privé de ses droits.

Ces derniers mots fournissent à la jeune détective l'entrée en matière qu'elle cherchait. Avec tact, elle tente de questionner la jeune femme. Mais celle-ci se montre réticente. Soucieuse de décrire son mari sous son meilleur jour, elle insiste sur sa bonté et tente de minimiser l'apparente négligence dont il fait preuve en laissant sa femme et sa petite fille sans nouvelles et sans argent.

— Je sais qu'il tient énormément à moi et il adore Jenny. Certains prétendent que c'est un paresseux, mais c'est faux ! Il a toujours travaillé plus dur que beaucoup d'autres. C'est un inventeur et il s'est fait escroquer en vendant un brevet. On serait riches si...

Elle s'interrompt en entendant une voix les appeler :

— Ohé ! Alice !

— Ned ! s'écrie la jeune fille en garant sa voiture devant celle du jeune homme.

La bouche fendue par un large sourire, l'étudiant rejoint le cabriolet.

— Qu'est-ce que tu fabriques là, Alice ?

— Je suis venue rendre visite à Mme Swenson et à sa fille, répond-elle.

Après avoir présenté Ned à la jeune femme, elle lui demande :

— Et toi ? Qu'est-ce qui t'amène à Sandy Creek ?

— Ma mère m'avait chargé d'une course. Je m'apprêtais à rentrer chez moi car j'ai l'estomac dans les talons.

— Accompagne-nous, propose Alice. On organise un pique-nique chez Mme Swenson.

Se tournant brusquement vers la jeune femme, elle ajoute, confuse :

— Excusez-moi... Ce n'est pas à moi d'inviter.

— Je n'y vois aucun inconvénient, assure la mère de Jenny avec un sourire. La fête sera d'autant plus gaie.

— Allons-y alors, déclare Alice. Tu n'as qu'à nous suivre, Ned.

Riverwood Cottage n'est plus très loin et Mme Swenson ne manifeste aucun désir de reprendre la conversation là où elle s'est arrêtée. La détective espérait qu'elle lui parlerait un peu des travaux de son mari, mais la jeune femme n'en dit pas davantage.

« Je remettrai le sujet sur le tapis avant la fin de la soirée, se promet la jeune fille. Il faut absolument que j'aille au fond des choses. »

Les quelques renseignements qu'elle a obtenus ne font en effet qu'accroître son inquiétude. Puisque Joe Swenson est inventeur, il a très bien pu se rendre chez M. Raybolt dans l'intention de

récupérer ce qui lui était dû. Il est possible aussi que, ne trouvant personne, il se soit improvisé cambrioleur, voire incendiaire. À ce stade de son raisonnement, la jeune détective s'interrompt : « Je n'ai pas le droit de l'accuser sans preuve. Il faut d'abord que Mme Swenson me donne sa version des faits. Pour le moment, il vaut mieux éviter toute allusion qui risquerait de gâcher la fête. »

En entendant la voiture de leur amie, Bess, Marion et Jenny accourent. Elles sont impatientes de savoir ce que la jeune fille a rapporté. La petite fille pousse des cris de joie en plongeant le nez dans les divers paquets.

— Vous n'avez pas oublié l'os de Dick ? demande-t-elle.

— Bien sûr que non, assure Alice. Le boucher m'a donné le plus beau qu'il avait.

Ned les aide à transporter les provisions à l'intérieur de la maison. En pénétrant dans la salle de séjour, Alice pousse une exclamation admirative. En son absence, Bess et Marion ont rempli les vases de fleurs cueillies dans le jardin et, secondées par leur petite amie, ont disposé le couvert. Le service en porcelaine est magnifique. La jeune fille en fait la remarque à haute voix.

— Malheureusement, c'est tout ce qui nous reste, soupire Mme Swenson. Un cadeau de mariage. Je n'ai pas eu le courage de le vendre.

— Comme je vous comprends, approuve Bess avec douceur.

Entraînée par la gaieté générale, la mère de Jenny se détend peu à peu et, bientôt, c'est de bon cœur qu'elle donne la réplique à Ned et à Alice, qui plaisantent joyeusement avec les deux cousines. Excellente cuisinière, la jeune femme supervise la préparation du repas. Jenny et Dick l'observent en salivant, tandis qu'elle met à griller une énorme entrecôte, qui répand rapidement un savoureux fumet.

— Apparemment, Dick n'a pas envie de se contenter de son os, observe Ned en riant. Allez, si tu es sage, on te donnera un morceau de viande quand on aura fini. Patience, mon vieux.

Le repas est animé. Le visage, jusque-là si triste, de Mme Swenson finit par s'éclairer tout à fait et elle mange de bon appétit. Toutefois, si Alice participe à la conversation, son insouciance n'est qu'apparente. Plusieurs fois au cours du repas, elle surprend le regard de Marion qui paraît lui demander quand elle abordera le sujet du carnet vert. Les jeunes filles sont venues à Sandy Creek dans une intention bien précise : poursuivre leur enquête. Pourtant, aucune ne tient à augmenter le désarroi de la jeune femme.

Après le dîner, Jenny entraîne ses amis dans le jardin.

— Tu viens ? demande Bess à la jeune détective.

— Non, je vais aider Mme Swenson à faire la vaisselle.

En réalité, Alice ne veut pas laisser échapper cette occasion de se trouver seule avec la jeune femme. Cependant, quand les autres ont disparu, elle ne sait comment s'y prendre. Après quelques instants d'hésitation, elle se lance tout de même :

— Est-ce que vous n'auriez pas des origines suédoises ou norvégiennes, par hasard ? commence-t-elle prudemment.

— Si, nous sommes suédois.

— Je me posais la question. Votre anglais est excellent : vous n'avez pratiquement pas d'accent.

— Mon mari a fait ses études à l'université et il m'a aidée à me perfectionner.

— Toute votre famille est de là-bas ?

— Oui, répond volontiers Mme Swenson. En plus, c'est drôle, car mon nom de jeune fille est le même que celui de la mère de Joe : Dahl.

Alice réprime à grand-peine un sursaut. La chevalière portant l'initiale « D » a sans doute appartenu à la mère de Joe Swenson ! Elle ne peut plus tourner autour du pot, il lui faut pousser l'interrogatoire plus loin.

— J'ai entendu dire que les Suédois avaient l'habitude de tenir un journal. Est-ce que c'est aussi une tradition dans votre famille ? demande

la jeune détective en s'efforçant de prendre un ton naturel.

— Mes parents, non, mais les Swenson l'ont toujours fait, même avant d'émigrer. Mon mari a lui-même un carnet sur lequel il écrit ses réflexions personnelles et les détails de ses inventions. Ça lui permet de noter les idées qui lui traversent l'esprit. Mais...

Mme Swenson se tait et son regard se perd dans le vague. Alice feint de ne pas remarquer son hésitation et poursuit :

— Votre mari porte toujours ce carnet sur lui ?

— Oui.

À cette nouvelle confirmation de ses soupçons, la jeune détective manque laisser tomber une assiette. Elle la rattrape de justesse.

« Les indices s'accumulent contre Joe Swenson », songe-t-elle accablée.

— Alice, déclare soudain la jeune femme à bout de nerfs, je ne comprends pas pourquoi mon mari ne m'a pas encore donné signe de vie. Voilà plus d'un mois qu'il est parti ! Qu'est-ce qu'il se passe ? Il disait qu'il allait trouver du travail sans problème et il m'avait promis de m'envoyer tout de suite de l'argent. Et pourtant, je n'ai pas reçu le moindre mot de lui depuis son départ. Aujourd'hui, je suis encore allée à la poste, pour rien. Pourvu qu'il ne lui soit rien arrivé !

— Non, je ne pense pas, dit Alice sans réfléchir.

Mme Swenson la saisit par le bras.

— Pourquoi est-ce que vous me dites ça ? crie-t-elle fébrilement. Vous savez quelque chose ?

La jeune détective a une seconde d'affolement. Que répondre à la pauvre femme ?

chapitre 8

Les soupçons se confirment

D'un mouvement impulsif, Alice passe un bras autour des épaules de Mme Swenson.

— Soyez raisonnable, la réconforte-t-elle. Votre mari a sûrement des papiers d'identité sur lui. S'il lui était arrivé quelque chose, on vous aurait prévenue.

— Comment expliquez-vous alors qu'il ne m'ait ni téléphoné ni écrit ? insiste la jeune femme. Ça ne lui ressemble pas.

— C'est étrange, en effet, admet la jeune fille. Mais je suis persuadée que vous recevrez bientôt une lettre.

— Pourvu que vous ayez raison... Il n'a pas dû avoir de mal à trouver du travail ; il est si doué ! Pourquoi a-t-il fallu qu'il se laisse rouler par cet escroc ? Comme je vous l'ai dit, on lui a

soutiré une de ses meilleures inventions contre une fausse promesse. Il a confié tous ses plans à un homme sans scrupule qui s'est engagé à prendre un brevet à son nom... et ne l'a pas fait.

— C'est ignoble ! s'indigne Alice.

— Oui, l'homme a déposé le brevet sous son nom à lui. C'est du vol !

— Qui est cet homme ? interroge la jeune fille, qui redoute la réponse.

Mme Swenson marque une légère hésitation, puis répond :

— Je ne devrais peut-être pas vous le révéler, mais comme vous ne le rencontrerez probablement jamais, ce n'est pas grave. Il s'appelle Félix Raybolt.

— Félix Raybolt ! répète la jeune détective.

Elle s'attendait à cette réponse et, pourtant, le coup est rude.

— Oui, confirme Mme Swenson, en dévisageant la jeune fille avec curiosité. Vous le connaissez ?

— De nom seulement. On m'a raconté que sa maison avait été détruite par un incendie.

De toute évidence, Mme Swenson l'ignorait.

— Il y a eu des blessés ? demande-t-elle avec un accent de sincérité.

— Heureusement, non. La police et les pompiers pensent que la maison était vide au moment du sinistre.

À ce moment-là, Jenny et ses nouveaux amis reviennent du jardin.

— Alice, il faudrait peut-être songer à rentrer, rappelle Bess à son amie. Le soleil baisse et il vaut mieux traverser la passerelle avant la nuit.

— Tu as raison, approuve la jeune fille.

Tandis que les deux cousines rassemblent leurs sacs et prennent congé de Mme Swenson et de sa fille, Alice parvient à échanger discrètement quelques mots avec Ned.

— Tu as appris quelque chose de nouveau sur les Raybolt ? s'informe-t-elle à voix basse.

— Absolument rien. On ne les a pas encore retrouvés.

La jeune détective lui explique brièvement qu'elle a découvert le propriétaire de la chevalière : M. Swenson.

Le jeune homme fronce les sourcils.

— Dans ce cas, il risque d'être considéré comme suspect, déclare-t-il d'un air préoccupé. Ce serait une catastrophe ! Mme Swenson et sa fille sont si gentilles !

— Je suis bien d'accord. Je désire tellement les aider... Si seulement je pouvais réussir à innocenter Joe Swenson ! Parce que, malgré tous ces éléments contre lui, je suis convaincue que le père de Jenny n'a pas pu commettre un tel crime. Malheureusement, la police ne va pas tarder à remonter jusqu'à lui...

— Tu sais que tu peux compter sur moi, intervient son ami avec détermination. Je veux moi aussi faire quelque chose pour elles.

Sur ces mots, les jeunes gens disent au revoir à leur hôtesse, embrassent Jenny et regagnent leurs voitures. Ned, à qui Alice a également raconté l'incident de la passerelle, insiste pour les accompagner jusqu'à la fin de la déviation. Après avoir constaté que les trois amies sont en sécurité sur l'autre rive, le jeune homme leur lance un signe d'adieu et disparaît dans un nuage de poussière.

— On peut dire qu'il veille sur toi, commente Bess, taquine.

— Je ne répondrai même pas ! lâche Alice en riant.

Elle leur résume alors sa conversation avec Mme Swenson.

— Tout porte donc à croire que son mari est coupable, conclut Bess. En effet, si M. Raybolt lui a volé une invention, il a un mobile.

— Oui, c'est sûr, reconnaît la jeune détective. Et pourtant, je n'arrive pas à admettre que ce soit lui.

— S'il a provoqué l'incendie, il sera envoyé en prison pour très longtemps, affirme Marion. Quel est ton plan ?

— Je n'en sais rien, admet la jeune fille en poussant un profond soupir. Quel cas de

conscience ! S'il va en prison, Mme Swenson et sa fille se trouveront sans ressources.

— Mais on n'a pas non plus le droit de protéger un criminel, insiste Bess.

— Tant qu'il n'est pas reconnu coupable, on doit le considérer comme innocent, rappelle la jeune détective. De toute façon, avant de faire quoi que ce soit, je vais en discuter avec papa.

Quand les trois amies parviennent aux faubourgs de River City, l'obscurité est déjà tombée. Alice dépose ses amies et rentre chez elle. Elle trouve Sarah en train de ranger la cuisine.

— Papa est là ? s'enquiert-elle.

— Non, il a téléphoné pour prévenir qu'il rentrerait très tard ce soir.

Cette nouvelle déçoit beaucoup la jeune fille.

« Je vais encore essayer de déchiffrer les pages du carnet, décide-t-elle. Qui sait ? Maintenant que j'en ai appris davantage sur Joe Swenson, je comprendrai peut-être mieux. »

Pendant près d'une heure la détective en herbe s'acharne à analyser les mots inconnus. Elle étudie les croquis, se demandant s'ils n'auraient pas un lien avec l'invention volée. Enfin, elle parvient à repérer une liste de mots en anglais. Ils correspondent à des noms d'usines d'électronique, toutes situées dans la région.

« Joe Swenson a peut-être trouvé du travail dans l'une ou l'autre de ces entreprises ! songe-

t-elle avec espoir. De toute façon, ça ne coûte rien d'appeler la direction de ces usines. Je m'en occuperai demain matin. Et maintenant, au lit ! »

chapitre 9

Félix Raybolt est-il mort ?

Le lendemain matin, quand Alice descend prendre son petit déjeuner, une enveloppe cachetée l'attend à côté de son assiette.

— Quelqu'un l'a déposée tôt ce matin, lui explique Sarah.

Intriguée, la jeune fille s'empresse de l'ouvrir et de déplier la feuille qu'elle contient.

— C'est la facture pour la réparation de ma voiture, dit-elle à Sarah. Elle me paraît raisonnable. M. Weston, l'homme qui a embouti le cabriolet, ne devrait pas y trouver à redire.

— En tout cas, le garagiste semble pressé d'encaisser ton argent !

— C'est moi qui lui ai demandé d'envoyer sa note, le défend Alice. J'en ai besoin pour l'apporter à M. Weston en même temps que la note du garage de Mapleton.

— C'est exactement ce qu'il faut faire, lance une voix depuis l'encadrement de la porte. Bonjour vous deux !

M. Roy entre et embrasse sa fille.

— Vous avez bien dormi, Sarah ?

— Comme un loir !

James Roy s'assied à table et annonce :

— Alice, j'ai du nouveau pour toi.

— Tu as trouvé M. Raybolt ? demande aussitôt celle-ci, bouillant d'impatience.

— Non, mais nous avons réussi à localiser Mme Raybolt.

— Où est-elle ?

— Dans un hôtel près du lac Mentor. J'ai discuté hier avec elle par téléphone. Elle a été très choquée en apprenant que sa maison avait entièrement brûlé. Elle compte revenir dès aujourd'hui et prendre les choses en main.

— Et son mari ?

— Elle ne m'a pas dit où il était. Et plus j'ai posé de questions, plus elle s'est montrée évasive.

— J'aimerais lui parler, c'est possible ?

— Je n'y vois aucun inconvénient. Elle va sûrement descendre à l'hôtel *La Pomme d'Or*, c'est le seul qui soit assez proche de sa propriété. À ta place, j'irais y déjeuner : il y a de fortes chances pour que tu l'y rencontres.

— Génial !

La jeune détective s'apprête à remonter dans sa chambre, mais se ravise soudain.

— Toi qui as toujours réponse à tout, tu ne connaîtrais pas quelqu'un qui pourrait me traduire le carnet vert ?

— Je me suis déjà renseigné, répond M. Roy avec un large sourire. J'ai un ami qui parle suédois, mais malheureusement il est injoignable en ce moment. Désolé de ne pouvoir t'aider sur ce point-là, ma chérie.

— Ce n'est pas grave, papa. En revanche, je suis sûre que tu peux me rendre un autre service.

— Je t'écoute.

— J'ai réussi à déchiffrer le nom de plusieurs entreprises d'électronique dans le carnet vert et je me demande si M. Swenson ne travaillerait pas dans l'une d'elles. Tu crois que tu pourrais m'obtenir le nom des dirigeants de ces sociétés et leurs coordonnées ?

— Pas de problème, ma secrétaire s'en chargera dans la matinée. Et maintenant, je dois y aller. Je te téléphonerai dès que j'aurai obtenu ces renseignements.

Sitôt son père parti, Alice s'empresse d'appeler Bess et Marion pour leur proposer de l'accompagner à *La Pomme d'Or*. Les deux cousines acceptent sans hésiter.

— On a prévu quelques courses ce matin, mais

on passe chez toi vers onze heures, promet Marion avant de raccrocher.

Pour patienter, la jeune détective décide de prêter main-forte à Sarah, qui a entrepris de tailler la haie du jardin. « Je ne vais pas tourner en rond dans le salon en attendant que le téléphone sonne », se dit-elle. Pourtant, la jeune fille, pressée d'avancer dans son enquête, peine à se concentrer sur sa tâche.

— Applique-toi un peu, Alice ! s'indigne Sarah au bout d'un moment. Sinon, ma pauvre haie va finir par ressembler à la grande muraille de Chine !

À cet instant, la sonnerie du téléphone retentit dans la maison et la jeune maladroite, soulagée de ne pas avoir à répondre de ses actes, se rue dans l'entrée pour répondre. M. Roy est au bout du fil.

— Ça y est, Alice, j'ai les informations que tu voulais ! proclame-t-il avec fierté. Et tu sais quoi ? Ton M. Weston est justement propriétaire d'une importante usine d'électronique à Stanford, la Stanford Electronic.

— C'est vrai ? s'étonne la jeune fille. Pas besoin de l'appeler alors. Je ferai d'une pierre deux coups en lui apportant la facture du garage.

Après l'appel de son père, la jeune détective se met en devoir de contacter chacune des sociétés. Malheureusement, à chaque fois la réponse

est identique : aucun employé du nom de Swenson ne travaille dans l'entreprise.

« Il ne me reste plus qu'une seule chance, soupire la jeune fille, déçue, l'usine de M. Weston. »

À cet instant, la jeune fille est tirée de ces
réflexions par un coup de sonnette. Retrouvant
immédiatement sa gaieté, Alice se précipite pour
accueillir Bess et Marion et, dix minutes plus tard,
les trois amies sont en route pour *La Pomme
d'Or*.

— J'ai l'impression qu'on va apprendre des
choses importantes ! confie la jeune détective,
pleine d'espoir, aux deux cousines.

Un peu après midi, elles parviennent en vue de
l'hôtel. C'est une ravissante auberge ombragée
d'arbres. Alice gare sa voiture dans la cour puis,
escortée de Bess et de Marion, elle pénètre dans
le hall et demande Mme Raybolt.

— Elle n'est pas encore arrivée, annonce le
réceptionniste. Nous l'attendons d'un instant à
l'autre.

Les jeunes filles vont donc se promener un peu
dans le parc, puis reviennent s'asseoir sur la terrasse. Au bout d'une heure, Mme Raybolt n'est
toujours pas là.

— Je meurs de faim, soupire Bess. On pourrait peut-être déjeuner. Elle ne viendra plus maintenant.

— Je le crains, reconnaît Alice avec dépit.

Mais elles se trompent. Une grande limousine apparaît à cet instant au bout de l'allée et s'arrête devant le perron. Un chauffeur aide une femme d'âge moyen à en descendre. Celle-ci s'agrippe à son bras et marche avec difficulté.

— Comme elle est pâle ! murmure Bess. Elle a l'air malade.

Au moment où elle pose le pied sur le perron, Mme Raybolt regarde autour d'elle d'un air égaré puis, brusquement, elle s'affaisse et perd connaissance. Le chauffeur la rattrape au moment où elle va toucher le sol et l'allonge sur une chaise longue de la terrasse. Inquiètes, Alice et ses amies se portent à son secours.

— Je vais chercher de l'eau ! crie la jeune détective en se ruant à l'intérieur de l'hôtel. Le réceptionniste offre aussitôt son aide.

— Transportez-la dans le bureau du directeur, indique-t-il au chauffeur. Je vais immédiatement appeler un médecin.

Le conducteur de la limousine explique brièvement qu'ils reviennent du domaine et que Mme Raybolt est encore sous le coup de ce qu'elle y a vu. On installe la pauvre femme sur un canapé. Son visage est d'une pâleur de cire, mais quand Alice lui passe un linge humide sur le front, elle reprend ses esprits.

— Félix ! gémit-elle.

— Votre mari sera bientôt là, dit gentiment Alice.

Ces paroles ont cependant un effet inattendu sur Mme Raybolt. Elle se soulève sur un coude, ses yeux s'ouvrent grand et prennent une expression désespérée.

— Mon mari est mort, lâche-t-elle dans un souffle. Il a été brûlé vif !

— J'ai peur qu'elle ne fasse une crise de nerfs, s'inquiète la secrétaire du directeur. Pourvu que le médecin ne tarde pas trop !

— Votre mari n'est pas mort, madame, tente de l'apaiser la jeune détective.

Mais la malheureuse ne paraît pas avoir entendu. Elle poursuit de la même voix lointaine :

— Il a été brûlé vif ! Oh ! Félix !

— De qui parle-t-elle ? demande le directeur qui vient d'entrer dans la pièce.

— De son mari. Je suis certaine qu'il ne se trouvait pas dans la maison au moment de l'incendie, affirme Alice. Les enquêteurs n'ont découvert aucun indice prouvant qu'il y avait quelqu'un quand le feu a éclaté.

Cependant, tandis que la jeune fille parle, un doute s'insinue dans son esprit. Peut-on réellement être sûr que M. Raybolt n'a pas été bloqué par les flammes dans une pièce ? Il est vrai qu'on n'a pas retrouvé de corps, mais sous l'effet de

l'explosion... Alice rejette l'idée horrible qui vient de s'imposer à elle.

Bientôt, Mme Raybolt peut s'asseoir. Elle boit le verre d'eau que la jeune fille lui tend et se calme un peu.

— Les affaires de votre mari l'ont certainement retenu dans une autre ville et comme il ne sait pas ce qu'il s'est passé, il ne vous a pas appelée pour vous rassurer, avance Bess.

— Non, non ! crie presque Mme Raybolt. Il s'est rendu chez nous le soir de l'incendie. Il avait un rendez-vous. J'avais le pressentiment qu'il ne devait pas y aller, mais il n'a pas voulu m'écouter. Et depuis, je n'ai plus eu de nouvelles.

Elle s'effondre de nouveau et éclate en sanglots. Alice lui demande alors si elle connaît le nom de l'homme que Félix Raybolt devait rencontrer.

— Non, avoue-t-elle. Félix ne me tenait pas au courant de ses affaires et il avait horreur que je lui pose des questions. Tout ce que je sais, c'est qu'il n'avait aucune envie de parler avec cet homme.

— Pourquoi ?

— Il avait peur d'un mauvais coup.

Alice et ses amies se regardent, atterrées. Si la personne avec laquelle M. Raybolt avait rendez-vous est Joe Swenson, c'est encore un point contre l'inventeur suédois...

Le médecin arrive enfin. Il fait sortir tout le monde de la pièce, la malade ayant besoin d'un calme absolu.

— Alors, qu'est-ce que tu en penses ? chuchote Marion à l'oreille d'Alice.

— Tous les indices accusent Joe Swenson, répond la jeune détective, réellement soucieuse.

— Partons, propose Bess. Je n'ai pas le cœur à rester ici.

— Oui, approuvent les deux autres.

S'avançant vers la sortie, Alice se renseigne auprès du portier sur la route à suivre pour atteindre Stanford.

— Prenez le raccourci à travers la *Colline Verte*, leur conseille-t-il. C'est deux fois moins long que par la grand-route.

La jeune fille le remercie et les trois amies montent en voiture. Elles roulent depuis quelques minutes lorsqu'un agent de police leur fait signe d'arrêter et s'approche de la portière :

— Un conseil, mesdemoiselles ! Un dangereux criminel se cache dans les alentours. C'est un incendiaire et un voleur. Gardez vos portières fermées de l'intérieur. Et relevez vos vitres !

chapitre 10

La cabane abandonnée

— Ce n'est pas très malin d'effrayer les gens comme ça, s'étrangle Bess. Ce policier n'aurait jamais dû nous parler de ce criminel, je ne vais plus oser regarder par la fenêtre maintenant.

— Et si c'était Joe Swenson ? suppose Marion.

— Peut-être, mais rien n'est moins sûr, déclare la jeune détective.

Environ cinq kilomètres plus loin, le cabriolet s'engage dans le raccourci qui escalade la montagne. La route en lacet, bordée de hautes broussailles et d'arbres touffus, est déserte. Bess ne peut réprimer un frisson.

— On pourra remercier le portier pour son conseil ! s'exclame-t-elle. Nous voici dans la partie la plus sauvage de toute la région. L'endroit idéal pour un criminel cherchant une cachette sûre. Accélère, Alice, s'il te plaît !

— C'est vrai que ce paysage n'a rien de rassurant..., convient sa cousine. Vous imaginez nos têtes si un homme surgissait tout à coup entre les buissons ?

La jeune détective ne répond pas sur-le-champ. Ses amies, mal à l'aise, remarquent qu'elle scrute attentivement le bois alentour.

— Tu crois que le criminel qu'on recherche se dissimule le long de cette route ? demande Marion, réellement inquiète pour une fois.

— C'est possible.

— Faisons demi-tour alors ! implore Bess, que la peur gagne de plus en plus. C'est peut-être un fou. Qui sait ce qui pourrait lui passer par la tête si nous le croisons ?

— Calme-toi, Bess, lui conseille son amie. N'oublie pas que, dans l'intérêt de Mme Swenson et de sa fille, il faut que l'on vérifie si Joe Swenson travaille ou non à Stanford.

Soudain, à un détour de la route, Bess aperçoit une vague silhouette.

— Attention, Alice. Il y a quelqu'un ! Il nous indique de nous arrêter. Je t'en supplie, accélère !

Instinctivement, la conductrice appuie sur l'accélérateur et passe en trombe devant l'homme. Dans son rétroviseur, elle surprend un regard étonné. Elle ralentit alors et éclate de rire.

— Un inoffensif auto-stoppeur ! Il a dû nous prendre pour des folles !

Parvenue à un croisement, Alice freine pour voir les panneaux indicateurs. Cela ne lui apprend pas grand-chose. Quelle route choisir pour rejoindre l'usine de M. Weston ?

— Essaie à gauche, propose Bess.

— Moi, j'opterais plutôt pour la droite, déclare Marion. Oh ! regardez ! Il y a une cabane là-bas, au milieu des arbres. Il vaut mieux demander notre chemin.

— Bonne idée ! convient la jeune détective.

Elle roule doucement jusqu'à hauteur de la cabane, puis descend de la voiture. Marion l'imite, tandis que Bess refuse de les suivre.

— Vous êtes totalement inconscientes ! proteste-t-elle. Vous n'avez aucune idée de qui habite dans cette cabane ! Qui vous dit que ce n'est pas le criminel dont on nous a parlé ?

— Reste ici, si tu veux, répond Alice. Marion et moi, on y va.

Les deux filles s'engagent dans un petit sentier qui traverse les broussailles. Prise de panique à l'idée de se retrouver seule, Bess les rejoint sans plus discuter. La maisonnette se dresse au milieu d'une petite clairière entourée par des bois touffus. D'un pas hardi, qui contraste avec leur crainte inavouée, les filles s'avancent. Rassemblant tout son courage, Alice frappe à la porte. Pas de réponse. Elle frappe de nouveau, plus fort qu'auparavant.

— J'ai entendu du bruit ! chuchote Marion.

Son amie croit, elle aussi, avoir entendu bouger. Un frisson lui parcourt le dos. Quelqu'un se cache-t-il dans la cabane ?

— Retournons à la voiture ! supplie Bess, les yeux agrandis de frayeur.

— Non, essayons encore une fois, insiste la jeune détective.

Et elle frappe plus fort. Comme personne ne répond, elle fait doucement tourner la poignée. La porte s'ouvre si vite qu'elle doit se retenir pour ne pas plonger la tête la première dans l'unique pièce. Elle se rejette en arrière, s'attendant à voir surgir l'occupant. Mais la cabane est vide.

— Encore un tour de notre imagination ! constate-t-elle, dépitée. J'aurais pourtant juré avoir entendu remuer à l'intérieur.

— Moi aussi, marmonne Bess, pourtant soulagée qu'il n'y ait personne. Quel endroit sinistre !

Sur la pointe des pieds, les trois amies font le tour du pauvre logis en prenant soin de baisser la tête pour éviter les toiles d'araignée qui pendent du plafond.

— Regardez, quelqu'un est passé ici il n'y a pas longtemps, signale Marion en leur désignant une boîte de conserve vide sur la table. Il y en a d'autres dans le coin là-bas.

— Celui qui était ici a dû s'enfuir par la

fenêtre de derrière en nous entendant arriver, conclut la détective.

À cet instant, un bruit de moteur retentit. Les jeunes filles se ruent à l'extérieur et scrutent les environs du regard pour découvrir d'où provient le son. Malheureusement, elles ne distinguent rien et le bruit se dissipe peu à peu.

— Il vient sans doute de s'échapper en voiture, ajoute Alice. Il a dû partir par le petit sentier qu'on voit là-bas, au milieu des bois.

— On s'en va ? gémit Bess. Je suis sûre que c'est le criminel dont le policier nous a parlé !

— Tu as raison, ne prenons pas de risque, approuve la jeune détective.

Revenues à la voiture, les jeunes filles décident d'emprunter la route de droite qui, par chance, les mène directement à Stanford. Dans la rue principale, un policier leur indique comment se rendre à l'usine Weston.

— Si on ne se dépêche pas, avertit Marion, les bureaux vont être fermés.

Il est déjà près de dix-huit heures lorsqu'elles parviennent enfin aux grilles de l'usine, dans les faubourgs de la ville. Il leur faut encore dix bonnes minutes pour repérer les bureaux de la direction. Alice se présente à la jeune réceptionniste et l'informe qu'elle désire rencontrer le directeur.

— Il est trop tard, lui répond celle-ci d'un air

supérieur. M. Weston ne reçoit plus après dix-sept heures.

— Nous venons exprès de River City, explique la jeune fille sans perdre patience. Pouvez-vous tout de même lui transmettre mon nom ?

De mauvaise grâce, la jeune femme disparaît dans un couloir. Les trois amies s'asseyent sur une banquette et attendent. Cinq bonnes minutes s'écoulent.

— On dirait que ce n'est pas notre jour..., grommelle Marion. À tous les coups, ton M. Weston est déjà parti.

Elle baisse la voix sur ces derniers mots, car la secrétaire revient.

— M. Weston va vous recevoir, annonce-t-elle. Veuillez entrer dans son bureau : à droite au bout du couloir.

Les trois amies s'attendaient à trouver un homme méfiant et réticent. Au contraire, il les accueille avec une parfaite courtoisie. En revanche, sa nervosité ne leur échappe pas : ses gestes sont saccadés, son expression tendue et des tics lui crispent le visage. D'un geste aimable, il invite les jeunes filles à s'asseoir et, toujours sans un mot, il prend les factures que lui donne Alice. Après les avoir rapidement examinées, il pousse un soupir de satisfaction.

— Je vous avoue que je m'attendais à pire, déclare-t-il.

Ouvrant un tiroir, il sort son carnet de chèques.

— C'est une bonne surprise, continue-t-il. La dernière fois que j'ai embouti une voiture, ça m'a coûté une petite fortune...

— La dernière fois ? ne peut s'empêcher de répéter Alice, un peu ahurie.

— Oui. Je suis très nerveux. Les médecins ont raison, je ne devrais pas conduire.

Il tend un chèque à la jeune fille.

— Cela couvre bien tous les frais ? demande-t-il aimablement.

— Oui, merci. J'espère que... que vous n'aurez plus d'accidents.

— Moi aussi, articule le directeur en faisant la grimace, mais ça m'étonnerait beaucoup, à moins que je ne me décide à engager un chauffeur. Tiens, c'est une idée ! Je vais la noter !

Et, au grand amusement des trois amies qui le jugent – non sans raison – un peu fou, il prend un bloc-notes et gribouille quelques mots.

— À propos, reprend-il, sauriez-vous par hasard si les Raybolt ont perdu beaucoup de biens dans l'incendie ?

— Je crois que les dégâts n'ont pas encore été évalués, déclare prudemment la jeune détective. Mme Raybolt est allée voir sa propriété aujourd'hui et elle en est revenue bouleversée.

— Évidemment ! Les Raybolt ont toujours

voué un culte à l'argent, grommelle le directeur qui ne paraît pas beaucoup les aimer.

— Ce n'est pas ça, le contredit Alice. Mme Raybolt prétend que son mari était dans la maison au moment de l'incendie. Elle est convaincue qu'il a été brûlé vif.

M. Weston dodeline de la tête d'un air dubitatif.

— Ça m'étonnerait beaucoup qu'un homme aussi rusé que lui se laisse griller sur place. S'il a disparu, c'est qu'il l'a voulu.

— Pourtant, Mme Raybolt avait l'air sincèrement désespéré, proteste la jeune détective.

— C'est tout à fait possible. Raybolt n'est pas du genre à mettre sa femme dans la confidence. Il ne se fie qu'à lui-même.

— Vous le connaissez bien ?

— Oui, à une époque, on était assez liés. Mais, depuis, j'ai coupé les ponts. Raybolt est un homme sans scrupule, d'une avarice incroyable et il n'a aucune parole.

— C'est ce qu'on m'a dit, reconnaît Alice.

Consciente que l'entretien touche à sa fin, elle enchaîne :

— Est-ce que je peux vous poser une question ? J'aimerais savoir si un certain Joe Swenson travaille dans votre entreprise.

M. Weston réfléchit un moment.

— Je ne crois pas. Mais, je vais quand même vérifier auprès du chef du personnel.

Joignant le geste à la parole, il saisit son téléphone et, au bout d'un moment, secoue la tête.

— Non, il n'y a personne de ce nom chez nous.

Inutile de dire que la jeune détective en éprouve une vive déception. Elle remercie cependant l'homme et le salue ainsi que les deux cousines. Puis elles sortent du bureau et se dirigent vers leur voiture.

— Cette fois, on prend la route la plus longue pour rentrer à River City, décrète Bess. Je n'ai aucune envie de repasser par la Colline Verte.

Comme elles approchent de la sortie de l'usine, les jeunes filles constatent que la circulation est totalement bloquée dans la rue.

— C'est à cause du départ d'une course cycliste, observe Marion. J'ai vu des banderoles qui l'annonçaient.

Le flot continu des véhicules empêche le cabriolet de s'engager sur la route. Tandis que les trois filles attendent impatiemment de pouvoir enfin avancer, la sirène de l'usine fait entendre sa plainte stridente.

— Il ne manquait plus que ça ! s'exclame la jeune conductrice, agacée. Il va y avoir un embouteillage énorme !

Quelques minutes plus tard, elle parvient à s'in-

sérer dans la circulation, mais devant elle la longue file de voitures ne progresse que lentement. De nouveau, elle est obligée de s'arrêter. Au son de la sirène, des dizaines d'ouvriers sortent des ateliers. Alice en profite alors pour observer les innombrables visages qui défilent. Soudain, une silhouette retient son attention. Au début, elle croit que c'est un tour de son imagination. Cependant, lorsque l'homme se tourne de son côté, elle comprend qu'elle ne s'est pas trompée.

— Regardez ! crie-t-elle, au comble de l'agitation. C'est l'inconnu que j'ai vu s'enfuir le jour de l'incendie ! Joe Swenson !

chapitre 11

Sur les traces de Joe Swenson

— Joe Swenson ! répètent d'une même voix les deux cousines. Où ça ?

— Là-bas ! Il traverse la route. L'homme à la chemise bleue. Ne le perdez pas des yeux !

Les voitures se sont remises en marche et la conductrice reporte toute son attention sur la conduite. Bess et Marion se chargent de surveiller l'homme. Pendant une centaine de mètres, elles roulent à sa hauteur, puis Marion signale qu'il vient de tourner à l'angle d'une rue. Manque de chance, à ce moment, Alice doit patienter à un feu rouge et quand, enfin, elle peut à son tour s'engager dans la voie que le père de Jenny a prise, celui-ci est à peine visible au bout de la rue.

— Il marche vite, observe Marion. Si on n'accélère pas, on va le perdre.

— Vous pensez qu'il s'est rendu compte qu'on le suit ? s'inquiète Bess.

— Je ne crois pas, estime la jeune détective. On va le rattraper au bout de la rue suivante. Je vois où celle-ci aboutit.

Opérant un demi-tour, elle contourne le pâté de maisons et parvient à l'autre extrémité de la rue juste à temps pour distinguer Joe Swenson se dirigeant vers une des principales artères de Stanford.

— Ça y est ! On le tient ! s'écrie la jeune détective, très excitée. Elle a à peine prononcé ces mots qu'elle constate que, devant elle, la voie est barrée. Sur les trottoirs, une foule se presse et les agents de la circulation obligent les voitures à prendre des rues adjacentes.

— Zut, grommelle Bess, ils ont interdit le parcours de la course aux voitures.

— Attention, Joe Swenson s'en va de ce côté ! s'exclame Marion.

— Cette fois, c'est fini, gémit la jeune détective, découragée.

En effet, à ce moment, l'homme disparaît parmi les badauds. Un agent fait signe à Alice de tourner à droite et il ne lui reste plus qu'à obtempérer. À la première occasion, elle gare sa voiture et, en courant, les jeunes filles reviennent en arrière. Elles fouillent en vain du regard la foule qui attend patiemment. Mais Joe Swenson est invisible.

— Quand je disais qu'on n'avait pas de chance aujourd'hui ! s'énerve Marion.

— On ne le retrouvera pas, confirme Alice. Il vaut mieux abandonner et essayer de le surprendre à la sortie de l'usine demain.

Les jeunes filles regagnent la voiture à pas lents. Elles roulent un certain temps sans parler, puis Marion rompt le silence :

— Il y a une chose que je ne comprends pas. Si Joe Swenson travaille chez M. Weston, pourquoi son nom n'est pas sur la liste du personnel ?

— Tu es sûre que c'était bien lui, Alice ? ajoute Bess.

— J'en suis certaine. À vrai dire, j'ai ma petite idée sur cette histoire de nom...

— Comment ça ?

— M. Weston a affirmé qu'il n'avait pas d'employé du nom de Swenson. Mais qui nous dit que le père de Jenny ne s'est pas engagé sous un autre nom ?

— Lequel ?

— Dahl, très certainement, répond la jeune détective.

— Le nom de jeune fille de sa mère ! s'écrie Bess. Alice, tu es géniale !

— Avant de me féliciter, attends de savoir si je ne me trompe pas.

— Qu'est-ce que tu vas faire ? Téléphoner à M. Weston ?

— Non. J'ai plutôt l'intention de discuter avec Joe Swenson, mais sans éveiller ses soupçons. S'il se sert d'un autre nom que le sien, c'est sûrement parce qu'il souhaite cacher quelque chose. Et je ne veux pas prendre le risque qu'il s'enfuie en apprenant qu'on le recherche.

— Tu as raison, approuve Marion. C'est une tactique plus prudente.

— En tout cas, une chose est sûre, continue Alice. Puisqu'on a vu Joe Swenson sortir de l'usine, ça signifie que ce n'est pas lui qui a déguerpi de la cabane tout à l'heure.

— Mais alors, c'était qui ? s'interroge Bess.

— Aucune idée, avoue la jeune détective...

Le silence retombe. Arrivée à River City, Alice dépose ses amies puis rentre directement chez elle. Au bruit de la voiture, Sarah apparaît sur le seuil de la porte.

— Ned Nickerson t'a téléphonée cinq fois, Alice, lui annonce-t-elle avec un sourire affectueux. Il voulait t'inviter à un dîner chez un de ses amis. Il faut que tu le rappelles tout de suite.

Le cœur battant à la perspective de passer une soirée agréable en compagnie de Ned, la jeune fille se précipite vers le téléphone.

— Enfin ! s'écrie l'étudiant en l'entendant. Je commençais à désespérer. Tu peux être prête dans une demi-heure ?

— Je me dépêche, promis.

Tout en fredonnant un air gai, la jeune fille se déshabille, prend une douche et, vingt minutes plus tard, elle est sur son trente et un. Ned débarque peu après et tous deux repartent aussitôt dans sa voiture. La conversation est d'abord enjouée, puis le jeune homme évoque l'incendie de la maison Raybolt.

— J'ai lu dans le journal du soir que Mme Raybolt est au bord de la crise de nerfs ; les médecins sont très inquiets. Elle est persuadée que son mari est mort dans la catastrophe.

— Ce qui est étrange, pourtant, remarque son amie, c'est que les enquêteurs ne sont pas de cet avis.

— Oui. Au fait, en parlant d'enquête, j'ai appris quelque chose d'intéressant. Apparemment, il y avait des explosifs entreposés à l'intérieur de la maison. C'est la raison pour laquelle le feu a pris avec une telle violence.

— Des explosifs ? s'étonne Alice. Cela expliquerait la détonation que nous avons entendue avant que le bâtiment ne s'embrase, mais pourquoi est-ce que Raybolt en aurait eu chez lui ?

— Bonne question..., admet Ned. Et ce n'est pas tout. La police suit une nouvelle piste à propos de l'incendiaire. On s'attend à une arrestation d'un jour à l'autre.

— Ils vont arrêter Joe Swenson..., murmure Alice comme se parlant à elle-même. Si on le met

en prison, tous mes beaux projets vont tomber à l'eau !

— Tu penses qu'ils ont suffisamment d'éléments pour l'incriminer ? l'interroge le jeune homme.

— Tout l'accuse, malheureusement..., soupire la jeune détective.

Entre-temps, les deux amis sont arrivés devant la maison de leur hôte. Oubliant leurs soucis, ils gravissent gaiement les marches du perron. Alice ne connaît personne, mais se lie vite d'amitié avec certains des invités. Au cours du dîner, le garçon qui se trouve à sa droite, Phil Roberts, se révèle un charmant voisin de table. Il lui raconte plusieurs anecdotes très intéressantes, notamment une, au sujet de lettres volées, qui éveille tout particulièrement l'attention de la jeune fille.

— Comment es-tu au courant de toutes ces histoires ? s'étonne-t-elle.

— Mon père est directeur du bureau de poste de Stanford, précise Phil.

Aussitôt, la jeune détective réalise que le jeune homme pourrait sans doute lui être d'un quelconque secours dans l'affaire qui la préoccupe. La jeune détective est en effet persuadée que Joe Swenson envoie bien de l'argent à sa femme. Reste à découvrir pourquoi Mme Swenson ne reçoit pas le courrier que son mari lui expédie...

— Quand une personne ne reçoit pas de lettres, à quoi est-ce que ça peut être lié ?

— Je ne vois que deux raisons possibles, répond Phil. La première, c'est qu'on ne lui écrit pas. La seconde, c'est qu'on intercepte son courrier.

Il observe la jeune fille et reprend :

— Pourquoi cette question ?

— Tout simplement parce que je connais quelqu'un qui attend des lettres et ne les reçoit pas. Si elles contenaient de l'argent ou des chèques, ou un mandat, est-ce qu'un voleur pourrait facilement mettre la main dessus ?

— Un certain genre de voleur, oui. Écoute, je vais te confier quelque chose qui est tenu secret, mais qui pourrait peut-être t'aider ou plutôt aider la personne dont tu me parles...

chapitre 12

Les confidences de l'inventeur

— Depuis plusieurs semaines, lui révèle Phil, mon père et plusieurs autres directeurs de bureaux de poste de la région ont reçu des plaintes de personnes qui disent ne pas avoir eu des lettres qui leur avaient pourtant été envoyées. La police et les inspecteurs des postes ont lancé une enquête, mais pour l'instant, elle n'a rien donné.

— Hum..., laisse échapper Alice. Mon amie est peut-être elle aussi victime de cette bande de voleurs.

La jeune fille ne peut s'étendre plus longtemps sur le sujet car la musique commence et Ned vient l'inviter à danser. De toute la soirée, la jeune fille n'a pas l'occasion de reprendre la conversation entamée avec Phil. Pourtant, elle ne cesse de son-

ger à cette affaire de vol de lettres. Lorsque, la soirée terminée, son cavalier la reconduit chez elle, la jeune détective a déjà échafaudé un véritable plan d'action. Cependant, avant toute chose, elle doit parler à Joe Swenson...

Le lendemain matin, dès dix heures, Alice, accompagnée de Bess et Marion qui ont accepté avec enthousiasme de venir, est installée dans le cabriolet. La jeune détective a pris soin de mettre le carnet vert en sécurité dans son sac. Les deux cousines manifestent une vive curiosité quand leur amie leur répète ce que Phil lui a appris la veille.

— Si on retrouve Joe Swenson, il faut absolument qu'on lui demande s'il a envoyé à sa femme des lettres contenant de l'argent, conclut-elle.

— Et s'il dit oui ? suppose Marion.

— Alors j'irai mener ma propre enquête dans le bureau de poste où il les a déposées.

Le premier groupe de travailleurs se dirige vers la cantine pour déjeuner, lorsque Alice gare sa voiture aux abords de l'usine Weston. Plusieurs hommes, assis par terre sur le terrain de jeux, mangent des sandwiches. D'autres bavardent entre eux.

— Ça ne va pas être facile de reconnaître Joe Swenson au milieu de tous ces gens, se rend compte la jeune détective. Si on était arrivées un

quart d'heure plus tôt, j'aurais pu le repérer au moment où il sortait des ateliers.

Sans se décourager, les trois amies observent les visages des ouvriers. Puis, elles s'avancent et demandent aux uns et aux autres s'ils ne connaissent pas un certain Dahl. Aucun de ceux qu'elles interrogent n'ont entendu ce nom et tous regardent avec une curiosité non dissimulée ces jeunes filles qui ne font de toute évidence pas partie de l'usine d'électronique.

Alice commence à désespérer lorsqu'elle aperçoit, adossé au mur qui entoure le terrain de l'usine, un homme aux cheveux blond pâle et aux épaules affaissées. Il semble s'être volontairement mis à l'écart des autres. Il tourne à moitié le dos aux jeunes filles mais, de loin, la détective croit bien reconnaître la silhouette mince et longue de l'inconnu en fuite le jour de l'incendie. Alors qu'elle fait quelques pas dans sa direction, l'ouvrier tourne la tête vers elle. Il a l'air mélancolique. La détective n'a désormais plus aucun doute : c'est bien l'homme qu'elle recherche, Joe Swenson.

— Vous voulez bien m'attendre ici un moment ? dit la jeune fille à ses amies. C'est lui, là-bas. Je voudrais lui parler seule à seul.

Les deux cousines hochent la tête sans dire un mot. Le cœur battant, Alice s'approche de celui

qui est pour l'instant le principal suspect de l'incendie.

— Excusez-moi, l'aborde-t-elle, vous ne seriez pas M. Joe Swenson – ou Dahl ?

L'homme pivote sur lui-même, stupéfait. Puis, le premier moment de surprise passé, il répond :

— Oui, c'est bien moi. Vous désirez ?

Déconcertée, la jeune fille ne sait que répondre. Elle s'attendait à ce que Joe Swenson se montre méfiant, mais sûrement pas à ce qu'il ait ce visage à la fois triste et bon. L'homme lui paraît bien incapable de faire du mal à qui que ce soit.

« Je me suis trompée, songe-t-elle toute joyeuse. Il est forcément innocent. Ce ne peut pas être lui qui a mis le feu à la maison des Raybolt. »

Remplie de cette certitude, elle sourit et se présente :

— Je m'appelle Alice Roy et je suis détective amateur. J'ai des nouvelles de votre femme.

— Vraiment ? demande l'homme avec anxiété. Elle n'est pas malade, j'espère ?

— Non, ne vous alarmez pas. Mais elle s'inquiète beaucoup pour vous et souhaiterait savoir où vous êtes.

— Je ne comprends pas..., bredouille Joe Swenson en fronçant les sourcils. Je lui ai envoyé mon adresse. Je ne peux pas aller la voir avant... avant qu'une certaine affaire soit éclaircie.

— Alors, vous avez écrit à votre femme ? insiste la jeune fille.

— Oui, deux fois.

— Et vous lui avez envoyé de l'argent ? poursuit Alice, profitant de la bonne volonté dont fait preuve son interlocuteur.

— Je lui ai expédié deux mandats, avec une somme importante. Mais pourquoi toutes ces questions ?

Un bref instant, Alice hésite, ne sachant s'il dit la vérité. Le regardant droit dans les yeux, elle déclare finalement :

— Elle ne les a jamais reçus.

— Quoi ? s'exclame l'homme, l'air défait.

Son désespoir semble si sincère qu'il enlève à la jeune détective ses derniers doutes.

— Votre femme et votre fille ont un besoin urgent d'argent, affirme-t-elle.

Elle raconte alors à l'inventeur comment elle a connu Jenny et sa mère, puis le met au courant de leur situation actuelle. Ensuite, elle fait signe à ses amies de les rejoindre. Après les avoir présentées à Joe Swenson, elle leur répète ce que ce dernier vient de lui confier.

— Ça signifie donc que vos lettres ont été volées ! s'écrie Marion avec sa fougue habituelle.

— Mais par qui ? gémit l'inventeur. Je les ai mises moi-même à la poste de Stanford !

Malheureusement, les trois amies ne peuvent

répondre à cette question. Soudain, Joe Swenson, qui a compris qu'il pouvait avoir confiance dans les trois jeunes filles, tire de sa poche une enveloppe non cachetée.

— Tenez, c'est une autre lettre pour ma femme avec vingt-cinq dollars dedans. Je comptais envoyer le mandat aujourd'hui. Vous voulez bien le lui remettre vous-même ?

— Avec plaisir, assure Alice en souriant. Ça sera plus sûr.

Elle glisse le message dans sa poche puis, après un instant d'hésitation, lance :

— Pardonnez-moi d'être indiscrète, mais pourquoi portez-vous ici le nom de Dahl ?

— Eh bien, je suis inventeur, mais la malchance s'acharne contre moi. C'est comme si le nom de Joe Swenson me portait malheur. Alors, j'ai eu envie de reprendre celui de ma mère.

— Je comprends...

Pour tenter d'en savoir davantage, Alice arbore son sourire le plus désarmant et ajoute :

— Votre femme m'a révélé que vous aviez conclu avec un homme d'affaires un marché très désavantageux pour vous.

— Désavantageux, c'est peu de le dire ! avoue Joe Swenson, conquis par le charme de la jeune fille. En réalité, il a totalement abusé de ma confiance. Félix Raybolt est un voleur !

La violence de ses paroles surprend les jeunes

filles tant elle contraste avec l'attitude courtoise et plutôt timide de leur interlocuteur. Il devine sans doute ce qu'elles pensent, car il poursuit :

— Excusez-moi, je ne devrais pas vous ennuyer avec mes problèmes. Mais mes affaires vont plutôt mal en ce moment. J'ai trouvé du travail, mais ça ne règle pas tout. Vous savez que la maison des Raybolt a été détruite par un incendie ?

— Oui.

— Pour ne rien vous cacher, j'ai peur qu'on ne m'accuse d'y avoir mis le feu, si jamais on découvre que j'étais dans le parc au moment de l'explosion.

— Vous y étiez ? demande Bess, sur un ton si innocent qu'on jurerait qu'elle n'en avait pas la moindre idée.

— Oui. J'avais rendez-vous avec M. Raybolt. Quand je suis arrivé, toutes les lumières étaient éteintes dans la maison. J'ai appuyé sur la sonnette et, à ce moment-là, il y a eu une formidable explosion : des flammes ont jailli de partout. J'ai appelé, mais personne n'a répondu.

— Vous avez essayé d'entrer dans la maison pour sauver les personnes qui étaient peut-être à l'intérieur ? interroge Marion.

— Oui. Malheureusement, je n'ai pas réussi à forcer la porte d'entrée. J'ai couru vers l'arrière de la maison, mais l'incendie était de plus en plus

violent et j'ai compris que, seul, je ne pourrais rien faire. Puis j'ai entendu une voiture approcher et j'ai pris peur. Je me suis dit que, si on me voyait, on risquait de m'accuser, et je me suis enfui.

— Vous n'avez aperçu personne ? demande Alice.

— Non.

— À votre avis, M. Raybolt est mort dans l'incendie ? s'enquiert-elle.

— Je ne crois pas. Je ne l'ai ni vu ni entendu, et d'après ce que j'ai lu dans les journaux, la police n'a rien découvert qui prouve qu'il se trouvait dans la maison.

Alice ne sait trop que penser de cette version des faits. Elle porte la main à son sac dans l'intention d'en sortir le carnet, mais elle se ravise. Elle doit d'abord s'assurer que Joe Swenson est bien innocent. Elle décide donc de pousser l'interrogatoire plus avant.

— Les enquêteurs ont fouillé les lieux à la recherche d'indices, continue-t-elle sans paraître y attacher d'importance. On a ramassé plusieurs objets près de la maison.

M. Swenson regarde intensément la jeune fille, comme si soudain il se sentait soupçonné, puis il répond avec un calme absolu :

— J'ai perdu un carnet dans le parc. Je me demande s'ils l'ont retrouvé.

Alice ne réagit pas.

— Ça m'ennuie beaucoup de l'avoir égaré, reprend l'homme. Il est écrit en suédois et ne peut servir à personne d'autre qu'à moi... et à Félix Raybolt. Ce monstre !

— Pourquoi est-ce qu'il intéresserait M. Raybolt ? interroge la jeune détective.

— Parce qu'il contient... Joe Swenson marque une légère hésitation.... Il contient des choses que Félix Raybolt n'aimerait pas voir écrites. Il m'a escroqué une fortune et, sans mon carnet, je n'ai aucune chance de le prouver. Et comme si ça ne suffisait pas, j'ai aussi perdu une bague à laquelle je tenais beaucoup.

Il a un geste résigné et retombe dans un silence attristé. À cet instant, la sirène de l'usine retentit, empêchant Alice de poursuivre son interrogatoire.

— Il faut que je m'en aille, déclare Joe Swenson.

— À quelle heure est-ce que vous quittez l'usine ? se renseigne la jeune détective.

— À dix-huit heures.

— On se reverra peut-être avant notre départ alors.

Devant la surprise évidente de l'homme, elle se hâte d'ajouter :

— Je transmettrai le message à votre femme et à Jenny.

— Merci. Je leur écrirai de nouveau très bientôt.

Les trois amies le suivent des yeux jusqu'à ce qu'il ait disparu à l'intérieur des bâtiments. Puis, à pas lents, elles regagnent leur voiture.

— Je parie que cette affaire d'incendie le tourmente et qu'il va disparaître de nouveau, déclare enfin Marion.

Alice ne répond pas. Elle réfléchit. Au moment où elle pose la main sur la poignée de la portière, quelqu'un la saisit brutalement par le bras. Elle pivote sur elle-même et se trouve alors face à un homme au visage furieux...

chapitre 13

Une question élucidée

— Lâchez-moi ! crie Alice en essayant de se libérer de la poigne de fer qui lui broie le bras. Mais l'homme, un individu trapu et peu avenant, ne desserre aucunement son étreinte. Aussitôt, Bess et Marion volent au secours de leur amie et forcent l'homme à lâcher prise.

— Qu'est-ce que vous voulez ? s'indigne la jeune détective, furieuse.

— Juste un petit renseignemen,t grommelle l'inconnu. Qu'est-ce que vous êtes venue espionner ici ?

— Vous êtes un des gardiens de l'usine ? réplique la jeune fille, sans se laisser impressionner.

— Heu... oui, bredouille le mystérieux interlo-

cuteur. Et j'ai le droit de savoir pourquoi vous parliez à cet ouvrier pendant les heures de travail.

— Notre entretien était privé et c'était pendant une pause, rétorque fermement Alice. Laissez-nous tranquilles maintenant.

L'homme hésite un instant puis, comprenant qu'il n'obtiendra rien d'elle, finit par renoncer et s'éloigner. Les jeunes filles se dépêchent de monter dans la voiture et quittent les lieux rapidement.

— Quel sale bonhomme ! s'indigne Bess.

— Oui, renchérit Alice. De plus, cet incident m'inquiète beaucoup : je suis plus que jamais persuadée que Joe Swenson a de gros ennuis.

— Si on le revoit tout à l'heure, je lui demanderai s'il connaît cet homme, déclare Marion. Et, maintenant, on va où ?

— À la poste, si vous êtes d'accord.

Quelques minutes plus tard, la jeune détective gare son cabriolet en face du bureau de poste. Escortée de ses amies, elle pénètre dans le bâtiment. Sur une porte, à l'intérieur, une pancarte indique : « Directeur ». Alice frappe. Un homme aimable, d'âge moyen, lui ouvre.

— Monsieur Roberts ? Bonjour. Je suis Alice Roy, de River City, commence-t-elle en souriant. J'ai rencontré votre fils hier soir, chez des amis.

— Ah ! oui, en effet. Phil m'a parlé de vous. Je vous en prie, entrez.

— Ma démarche va peut-être vous surprendre, reprend la jeune détective aussitôt la porte refermée. Voilà : un homme qui travaille à la Stanford Electronic a posté de ce bureau deux lettres contenant chacune un mandat. Pourtant, elles ne sont parvenues à destination ni l'une ni l'autre. D'après ce que m'a raconté votre fils hier soir, cette personne ne serait pas la seule dans ce cas.

— En effet, reconnaît M. Roberts. Nous sommes d'ailleurs très ennuyés.

— Je ne mets pas en cause l'honnêteté de vos employés, poursuit la jeune fille. Cependant, avec votre accord, j'aimerais me livrer à une petite expérience.

— De quel genre ?

— Je vais envoyer un mot à la femme de cet homme et j'y joindrai un mandat. Y a-t-il un moyen de vérifier que cette lettre est réellement partie de votre bureau ?

— Oui, assure M. Roberts en regardant Alice avec une lueur d'admiration dans les yeux. Et quand la lettre aura quitté nos services, j'imagine que vous souhaitez que je demande à mon collègue du bureau destinataire si elle est bien arrivée ?

— C'est ça, oui.

— Vous pouvez compter sur moi, promet le père de Phil. Donnez-moi le nom et l'adresse de cette dame.

— Il s'agit de Mme Swenson. Elle habite *Riverwood Cottage*, à Sandy Creek.

— Parfait. Mettez tout de suite votre lettre au courrier et revenez me voir dans deux heures. Je contrôlerai personnellement les sacs et vous dirai le résultat de mon enquête.

— C'est d'accord. À tout à l'heure.

Alice remercie chaleureusement M. Roberts pour son concours et sort en compagnie de ses deux amies. Elle rédige quelques mots à l'attention de Mme Swenson et y ajoute une petite somme d'argent. Après avoir fait le nécessaire auprès d'un employé pour envoyer le mandat, elle cachette l'enveloppe et la glisse dans la boîte aux lettres. Une fois dans la rue, Bess exprime son inquiétude :

— Tu prends des risques, Alice. Si la lettre est interceptée, tu pourras dire adieu à ton argent.

— Tant pis, le jeu en vaut la chandelle, réplique son amie. Et maintenant, nous avons deux heures à tuer. Qu'est-ce que vous proposez ?

— Manger ! impose la gourmande Bess. Je meurs de faim.

— Excellente idée ! approuvent en riant ses deux amies.

Bientôt, toutes trois se retrouvent attablées dans un petit restaurant du centre-ville. Oubliant pour un temps l'enquête qu'elles mènent, elles plaisantent et rient de bon cœur, si bien que, deux

heures plus tard, elles doivent presque courir pour être à l'heure au bureau de poste.

M. Roberts leur ouvre lui-même. Il n'est pas seul cependant. Près de son bureau, un policier surveille un homme effondré sur une chaise. En entendant les jeunes filles, il lève la tête et une lueur de haine brille dans ses yeux lorsqu'il reconnaît Alice. C'est l'employé qui a enregistré tout à l'heure son mandat.

— Tous nos remerciements, mademoiselle Roy, dit le père de Phil. Grâce à votre astuce, nous avons pu identifier notre voleur. Ralph Ringman a reconnu s'être approprié non seulement la lettre que vous veniez de poster, mais aussi plusieurs autres mandats. Il modifiait le nom du destinataire et ses deux complices, un homme et une femme, allaient récupérer et encaisser les mandats dans les villes où ils étaient envoyés.

— Je ne suis pas le seul dans cette affaire ! crie le coupable, furieux.

— J'ai bien compris, réplique M. Roberts. Et comme vous avez donné les noms de vos complices à la police, ces deux-là ne devraient pas courir longtemps dans la nature... En attendant, je vais conseiller à mes collègues de se servir du stratagème que Mlle Roy nous a indiqué, s'ils ont de nouveau des plaintes pour des lettres non parvenues à destination. On aurait dû y penser plus tôt.

À ce moment-là, le téléphone sonne. M. Roberts répond.

— Oui... Vraiment ? Bravo ! Ce petit trafic est sur le point de prendre fin !

Après avoir raccroché, il annonce que le commissaire de police l'a informé que les complices de Ringman viennent d'être arrêtés et ont avoué avoir participé aux vols des mandats. Prise d'une brusque inspiration, Alice parle au directeur de sa désagréable rencontre avec un individu à l'allure douteuse, devant l'usine.

— Vous pensez qu'il pourrait être un complice de Ralph Ringman ? dit-elle finalement

— Possible.

Et, se tournant vers le voleur, M. Roberts enchaîne :

— Mlle Roy a été suivie par un homme bizarre, qui cherchait sûrement à récupérer l'argent de M. Swenson pour son propre compte. Quand il a surpris la conversation entre M. Swenson et Mlle Roy au sujet des mandats volés, il a tenté d'intimider celle-ci. Ce qui n'a eu pour effet que de le rendre suspect d'ailleurs !

— L'imbécile ! grommelle Ralph Ringman.

— Voilà qui nous éclaire sur le lien entre ces deux individus... Je crois que vous pouvez arrêter cet homme-là aussi, déclare M. Roberts au policier.

Ce dernier demande aux trois amies de lui

décrire le suspect le plus précisément possible et leur promet de les tenir au courant de l'avancée des recherches. Puis, après avoir remis à Alice l'enveloppe contenant son argent, il emmène l'employé malhonnête au commissariat.

— Voulez-vous à présent qu'on fasse partir la lettre de Mme Swenson ? propose le père de Phil aux trois jeunes filles.

— Volontiers, acquiesce Alice. Voici celle que son mari voulait lui faire parvenir. Elle arrivera à bon port, maintenant.

La jeune détective jette un coup d'œil à sa montre : l'heure de fermeture de l'usine approche.

— Il faut qu'on se dépêche, les filles, annonce-t-elle à Bess et Marion. Merci beaucoup pour votre aide, monsieur Roberts.

En sortant du bureau de poste, les jeunes filles s'arrêtent au passage piéton avant de reprendre le cabriolet garé en face. Derrière elles, deux hommes discutent à voix basse.

— Qui t'a passé le tuyau ? chuchote l'un.

— La femme de Raybolt. D'après elle, l'homme qui a mis le feu à la maison avait rendez-vous avec son mari ce soir-là. Elle nous a précisé que c'était un Suédois, un inventeur.

— Et il serait où maintenant ?

— On pense qu'il a dû trouver du travail dans une usine de matériel électronique.

— Laquelle ?

— Ça, je ne sais pas. Mais on a le signalement de l'homme. C'est déjà quelque chose. Ce soir, il sera en prison, je te le garantis.

Alice, Bess et Marion osent à peine respirer. Parlent-ils de Joe Swenson ? Malheureusement, à quoi bon se leurrer ? La réponse est évidente...

chapitre 14

L'arrestation

Le flot des voitures s'immobilisant, les trois jeunes filles traversent la rue.

« Qui sont ces hommes ? se demande fébrilement Alice. Des détectives au service de Raybolt ? Des policiers en civil ? Si Joe Swenson est innocent, je ne peux pas le laisser mettre en prison ! »

Il faut agir vite : d'abord parler avec le père de Jenny dès sa sortie de l'usine, lui montrer le carnet et insister pour qu'il en traduise des passages.

« Je suis sûre qu'après ça, je saurai définitivement à quoi m'en tenir, songe la jeune détective. S'il est sincère, je le préviendrai qu'on s'apprête à l'arrêter. Ce serait terrible pour lui et pour sa famille s'il était emprisonné injustement. »

Quand les jeunes filles parviennent à la voiture, Alice tend les clefs à Marion.

— Tu peux conduire ? Je vais essayer d'intercepter M. Swenson dès qu'il franchira la grille et on partira tout de suite après avec lui.

Marion s'installe au volant et, en un temps record, elle gare la voiture le long de l'usine. Elle laisse le moteur allumé.

— Faites le guet au cas où les hommes qu'on a entendus tout à l'heure viendraient par ici, conseille Alice à ses amies.

On entend bientôt le long mugissement de la sirène de l'usine.

— Il va être ici d'une minute à l'autre, murmure Marion.

Avec une vive anxiété, les jeunes filles scrutent les visages des ouvriers qui sortent des divers bâtiments. Enfin, la jeune détective aperçoit l'inventeur. Elle saute à terre et l'appelle. Avec un sourire amical, M. Swenson s'avance vers elle.

— Montez avec nous, offre Alice en l'invitant du geste à prendre place à l'arrière. On va vous ramener chez vous.

— Mais non, proteste l'ingénieur. J'habite dans le sud de la ville. Ce n'est pas du tout sur votre chemin...

— Si, si..., assure la jeune fille non sans jeter un regard inquiet autour d'elle.

Dans sa hâte à quitter le secteur dangereux, elle pousse presque M. Swenson à l'intérieur de la voiture et s'engouffre derrière lui.

— C'est gentil de votre part : c'est bien agréable de rentrer en voiture après une rude journée, soupire l'inventeur en s'appuyant au dossier de la banquette. Je ne suis pas encore habitué à rester debout huit heures d'affilée. Bah ! d'ici une semaine ou deux, ça ne me paraîtra plus rien. De toute façon, je ne me plains pas ; je suis trop content de gagner un peu d'argent après ces longs mois de chômage.

Tandis que Marion s'absorbe dans la conduite, Alice met M. Swenson au courant de leurs aventures de l'après-midi.

— Le mystère des lettres disparues n'en est plus un, commence-t-elle.

Et elle lui raconte l'arrestation de l'employé du bureau de poste.

— Je suis soulagé qu'il ait été mis hors d'état de nuire, dit M. Swenson en hochant la tête. Mais comment a-t-il pu faire une chose pareille ? Tout le monde connaît le proverbe pourtant : bien mal acquis ne profite jamais !

Alice approuve de la tête. Plus elle côtoie Joe Swenson, plus elle est convaincue de son innocence. Alors, elle n'hésite plus.

— J'ai une autre surprise pour vous, déclare-t-elle. J'ai trouvé votre carnet tout près de la maison Raybolt. Je n'osais pas vous le montrer au début, mais à présent j'ai toute confiance en vous.

Elle extirpe le carnet de son sac.

— Vous pourriez m'en traduire quelques passages ?

— Mon journal !

L'inventeur saisit l'objet et, avec des gestes presque tendres, il en feuillette quelques pages.

— Regardez, ici, je parle d'un jouet que j'ai offert à ma fille pour son anniversaire. Elle était folle de joie. C'est moi qui le lui avais fabriqué. Je voulais lancer ces poupées mécaniques sur le marché, mais je n'ai jamais réussi.

Soudain le visage du père de Jenny s'assombrit.

— Et là, c'est un passage qui concerne Raybolt.

Il traduit : « Mon ami Anson Heilberg m'a conseillé de ne pas montrer mon invention à Raybolt. Mais l'argent manque à la maison, j'ai le loyer à payer, je dois aussi de l'argent à l'épicier et au boucher. C'est un risque à courir. Il m'a promis de me donner une avance. »

Ici, M. Swenson marque un arrêt et, d'un ton amer, commente :

— Si seulement j'avais écouté Anson ! Félix Raybolt ne m'a pas versé un centime. Et pourtant, je suis sûr que mon procédé pour recouvrir de céramique les objets en acier lui a rapporté beaucoup d'argent.

Devant l'air dépité de l'inventeur, Alice tente de lui remonter le moral.

— Un de mes amis a retrouvé votre chevalière. Elle est chez moi, je vous la rendrai à la première occasion.

— C'est mon jour de chance ! affirme M. Swenson en riant. Vous ne m'apportez que de bonnes nouvelles.

La jeune détective oriente alors la conversation sur l'incendie de la maison des Raybolt. Elle raconte à Joe Swenson que les enquêteurs ont retrouvé des traces d'explosifs dans les décombres de la maison.

— Qu'est-ce que vous en pensez, monsieur Swenson ? conclut-elle.

Celui-ci réfléchit quelques instants en silence.

— J'ai peut-être une réponse à cette question, énonce-t-il enfin. D'ailleurs, ça arrangerait bien mes affaires ! Vous savez qu'il est interdit de stocker des explosifs sans autorisation officielle. Eh bien, je sais que Félix Raybolt en possédait tout de même. Il m'en a parlé un jour. Il a peut-être mis le feu aux explosifs par accident pendant qu'il m'attendait. Il aurait suffi qu'un appareil électrique fonctionne mal par exemple...

— Mais on n'a retrouvé aucun... aucune trace d'un cadavre, rappelle Bess en réprimant avec peine un frisson.

— M. Raybolt a sûrement eu le temps de sortir et il a dû s'enfuir de peur de se faire arrêter

pour détention illégale de matériel dangereux, suppose l'inventeur.

À ce moment, Marion regarde par le rétroviseur. Un cri étouffé lui échappe :

— Une voiture de police ! Elle nous suit !

Les nerfs tendus, tous les occupants du cabriolet se taisent brusquement. Enfin, Alice décrète avec sang-froid :

— Surtout, n'accélère pas. Il ne faut pas éveiller les soupçons.

Si elle est désormais convaincue de l'innocence de M. Swenson, elle doute de pouvoir faire partager sa conviction aux policiers...

— Après tout, ils recherchent peut-être un chauffard pour excès de vitesse, avance Bess, qui ne croit pas beaucoup elle-même à cette hypothèse.

En regardant de nouveau par la vitre arrière, Alice perd toute illusion. La voiture de police gagne du terrain, mais ne tente rien pour les dépasser. Quelques centaines de mètres plus loin, la conductrice est obligée de ralentir à un virage. Juste après, un troupeau de vaches traverse la route.

— Zut ! gronde Marion en freinant brutalement.

Elle klaxonne, mais le seul résultat est d'effrayer les vaches, qui s'immobilisent au milieu du

chemin. Bloqué, le cabriolet s'arrête. La voiture de police se rapproche encore un peu plus...

La jeune détective songe un instant à demander à Joe de se coucher sur le plancher, mais se ravise. Une telle manœuvre ne ferait qu'aggraver leur cas si les policiers regardent à l'intérieur de la voiture. Elle réalise en effet que, s'ils sont à la poursuite de Joe Swenson, alors Bess, Marion et elle-même peuvent être arrêtées pour avoir aidé un suspect à se soustraire à la justice. Elle se contente donc de glisser le carnet vert dans son sac. Ensuite, elle lance un regard vers son compagnon. M. Swenson, livide, serre les mâchoires. La voiture de police stoppe le long du cabriolet arrêté. Le cœur d'Alice se met à battre à tout rompre. Pourtant, rien dans son attitude ne trahit son émotion.

Entre-temps, les gardiens du troupeau ont réussi à pousser leurs bêtes. Feignant de ne s'être aperçue de rien d'anormal, Marion démarre lentement. Pourtant, un cri venant de l'autre voiture lui fait immédiatement lever le pied de l'accélérateur.

— Garez-vous sur l'accotement, lui intime l'un des inspecteurs.

— C'est bien nous qu'ils suivaient, murmure Bess, affolée.

Se penchant vers Joe Swenson, Alice lui chuchote à l'oreille :

— Ne vous inquiétez pas. On ne vous abandonnera pas.

Les policiers sautent à terre et s'approchent de la portière de la conductrice.

— On a reçu l'ordre de rattraper votre voiture, déclare l'un d'eux, tandis que l'autre passe la tête par la portière arrière et dévisage attentivement M. Swenson.

— C'est notre homme ! s'écrie-t-il.

— De quoi est-ce que vous parlez ? fait mine de s'étonner Alice.

— Vous êtes bien Joe Swenson ? demande le policier au passager du cabriolet, sans prêter attention à la question de la jeune fille.

— Oui, reconnaît celui-ci.

— Vous êtes accusé d'avoir mis volontairement le feu à la maison des Raybolt. La police de Mapleton vous recherche.

Joe Swenson blêmit. Puis un flot de sang lui envahit le visage.

— C'est absurde ! Comment pouvez-vous m'accuser sans preuve ?

— Ça ne sert à rien de discuter. Suivez-nous. Vous vous expliquerez avec le commissaire. Et, un conseil : tenez-vous tranquille, ça vaudra mieux pour vous.

En voyant un des inspecteurs sortir une paire de menottes de sa poche, Joe Swenson a un mouvement de recul.

— Non ! Pas ça, s'il vous plaît. Je vous promets de ne pas tenter de m'enfuir.

— Pas le choix, désolé. Allez, dépêchez-vous ! Descendez de cette voiture.

— Une minute, monsieur l'inspecteur, intervient à cet instant Alice. Je suis sûre que M. Swenson n'est pas l'homme que vous cherchez. Laissez-le partir, s'il vous plaît. Je m'appelle Alice Roy et je me porte garante de lui. Je l'accompagnerai moi-même chez le juge d'instruction.

Joe Swenson ajoute :

— Je viens tout juste de trouver du travail à la Stanford Electronic. J'accepte de bonne grâce de répondre à vos questions, mais si vous me placez en garde à vue, je vais perdre ma place et je ne peux pas me le permettre.

Malheureusement, leurs protestations sont vaines. Les inspecteurs ne cèdent pas et Joe Swenson se voit contraint de leur obéir. Avec un sourire courageux et quelques mots d'excuse, il prend congé d'Alice et de ses amies.

— Quant à vous, mesdemoiselles, vous allez nous accompagner au commissariat ! déclare le même inspecteur. Passez devant. Vous aurez quelques explications à fournir, vous aussi. Et ne cherchez pas à nous semer !

chapitre 15

Alice accusée

— Mais on n'a rien fait ! proteste vigoureusement Bess.

— Je suis désolé de vous causer tant d'ennuis, bredouille Joe Swenson, très gêné.

Et se tournant vers l'inspecteur, il précise :

— Ces jeunes filles n'y sont pour rien. Elles m'ont simplement proposé de me raccompagner.

— Ça ne nous regarde pas, réplique le policier, inébranlable. Elles s'expliqueront avec le chef.

Encadré des deux inspecteurs, Joe Swenson se dirige vers la voiture de police. Avant d'y monter, un des inspecteurs se tourne de nouveau vers Marion et lui ordonne de rouler doucement.

— Si je ne me retenais pas, gronde-t-elle entre ses dents, j'appuierais à fond sur l'accélérateur.

— Et puis quoi encore ? chuchote sa cousine

d'un ton réprobateur. On a déjà assez de problèmes comme ça sans en rajouter une couche !

Parvenue devant le commissariat de Mapleton, Marion gare la voiture à l'emplacement que les policiers lui indiquent. Alice murmure à ses amies :

— Surtout, quoi qu'il arrive, ne dites rien qui puisse être utilisé contre Joe Swenson !

À leur grand étonnement, les jeunes filles découvrent devant le commissariat les deux hommes dont elles ont surpris la conversation devant la poste. Les policiers font descendre Joe Swenson de la voiture et le remettent entre leurs mains.

— Alors comme ça, on voulait aider Swenson à s'enfuir ? lance l'un d'eux en s'adressant aux trois amies. Allez, venez avec nous.

« Des inspecteurs en civil ! » déduit la jeune détective.

Comme elles gravissent les marches du perron, Marion ne peut se retenir de dédramatiser et de taquiner son amie.

— Que dirait le beau Ned s'il te voyait en ce moment dans ce pétrin ?

— Bah ! Si notre affaire tourne mal, il viendra sûrement à notre secours ! réplique la jeune fille en souriant, confiante.

Cependant, dans les locaux du commissariat, la situation leur paraît soudain beaucoup moins

drôle. On les fait asseoir tous les quatre en face des deux inspecteurs en civil et du commissaire Johnson. Celui-ci déclare aux jeunes filles qu'il a été informé que le criminel comptait s'enfuir à bord d'une voiture portant le numéro d'immatriculation du cabriolet d'Alice. Au grand désespoir des trois amies, le commissaire annonce à l'inventeur qu'il est en état d'arrestation pour incendie volontaire. Il leur pose de nombreuses questions et relève leurs noms et adresses. Lorsque Alice décline son identité, les policiers échangent des regards étonnés, mais ne se montrent pas plus indulgents pour autant.

Marion et Bess sont effrayées. Quant à Joe Swenson, ses nerfs sont mis à rude épreuve et il perd peu à peu ses moyens. Les inspecteurs en civil ne quittent pas des yeux l'inventeur, qui s'agite sur sa chaise. Soudain, l'un d'eux, du nom de Davil, pointe un doigt accusateur vers lui et parle d'une voix si rude que Bess sursaute violemment.

— Swenson, quand avez-vous décidé de tuer Félix Raybolt ?

— Quand je quoi... ? bégaie le pauvre homme. Je ne comprends pas ce que vous voulez dire.

Impassible, le policier poursuit :

— Vous savez très bien ce que je veux dire. Ce n'est pas la peine de tourner autour du pot, ça ne servira à rien. On vous a surpris en train de rôder dans la propriété le jour de l'incendie.

— Qui ? s'insurge le malheureux accusé. Vous me prenez pour bouc émissaire parce que vous n'arrivez pas à trouver le vrai coupable !

L'inspecteur hésite. Une brève seconde seulement. Il se reprend immédiatement et lance :

— Allez, racontez-nous tout. Le tribunal fera preuve de clémence si vous passez aux aveux.

— Je n'ai rien à avouer ! réplique Swenson avec une profonde amertume. Mais, je reconnais que je suis allé chez les Raybolt ce jour-là...

Le cœur d'Alice se met à battre plus vite. L'inventeur va-t-il confesser quelque chose dont il ne lui a pas parlé ?

— Qu'est-ce que je vous disais ? s'écrie l'inspecteur triomphant à l'adresse du commissaire Johnson. Vous reconnaissez donc être allé là-bas ? poursuit-il en revenant à sa victime.

— Mais oui, j'y suis allé, et je n'ai pas à m'en cacher ! répond Swenson, énervé. J'avais rendez-vous avec Félix Raybolt.

La jeune détective comprend que l'inventeur a l'intention de tout expliquer. Et, bien qu'elle admire son honnêteté, elle devine que sa franchise risque d'aggraver son cas. Elle voudrait le faire taire, lui conseiller d'attendre d'avoir un avocat à ses côtés, mais comment lui parler dans cette pièce pleine de policiers ?

— Tiens ! tiens ! Vous aviez rendez-vous avec

Raybolt ? répète l'autre inspecteur, du nom de Rock. Et quel genre de rendez-vous ?

— Il s'était approprié frauduleusement l'un de mes brevets et je voulais régler une bonne fois la question avec lui.

— Il vous devait de l'argent ?

— Oui, il m'avait volé mon brevet. Je voulais lui demander soit de me verser ce qu'il me devait, soit de me rendre mes plans.

— Quelle a été sa réaction ?

— Je ne l'ai pas vu. Il n'y avait aucune lumière dans la maison. Et il n'a pas répondu à mon coup de sonnette. Puis, il y a eu une explosion et je me suis enfui.

— Vous saviez qu'il était dans la maison et vous n'avez pas tenté de le sauver ? s'étonne le commissaire Johnson.

— Je ne crois pas qu'il y était !

— Quand avez-vous vu M. Raybolt pour la dernière fois ? reprend l'inspecteur Davil.

— Dans un restaurant, pas loin d'ici.

— Ça s'est passé comment ?

— On a eu une petite discussion qui a dégénéré en dispute, admet Swenson à contrecœur.

— Alors, vous l'avez menacé, conclut l'inspecteur Rock.

— Non, je vous le jure ! proteste l'inventeur en secouant la tête. Raybolt avait l'air inquiet...

comme s'il craignait que je m'en prenne à lui...
Il devait se sentir coupable.

— C'est au sujet de votre invention que vous
vous êtes querellés ? intervient le commissaire
Johnson.

— Oui. Il a reconnu m'avoir volé mes idées,
mais il m'a mis au défi de le prouver. Je me suis
mis en colère...

— Vous vous obstinez à prétendre que vous
n'avez pas cherché à l'intimider ? le coupe sèche-
ment l'inspecteur Davil.

— Je lui ai dit que j'allais porter l'affaire
devant les tribunaux, se défend Joe Swenson. Bien
sûr, je n'avais pas assez d'argent pour intenter un
procès contre lui, mais ça a paru lui faire peur
car il m'a proposé de venir chez lui pour qu'on
parle de tout ça.

— À votre avis, quelle est la cause de l'incendie ? demande le commissaire, qui ne semble pas
aussi convaincu que ses collègues de la culpabi-
lité de l'inventeur.

— L'explosion... Elle m'a presque projeté en
l'air. J'en suis resté étourdi pendant plusieurs
minutes...

— Après, qu'est-ce qu'il s'est passé ?

— J'ai pensé que, si on me trouvait dans les
parages, on m'accuserait d'avoir mis le feu. Une
voiture montait l'allée ; je me suis affolé, alors

j'ai plongé dans un buisson et j'ai couru jusqu'au bois voisin.

— Vous êtes bien sûr de ne pas avoir laissé intentionnellement Raybolt à l'intérieur ? insiste l'inspecteur Rock.

— Puisque je vous dis que non ! crie M. Swenson, indigné. Je détestais cet homme, je le reconnais, mais je ne souhaitais pas sa mort pour autant. Contrairement à ce que vous semblez croire, je ne suis pas un criminel !

— Pourquoi n'êtes-vous pas venu tout de suite nous trouver alors ? l'interroge posément le commissaire.

— J'avais peur d'être mal compris. Et puis, je ne savais pas que Raybolt avait disparu ; je ne l'ai appris que récemment par les journaux.

Les deux inspecteurs continuent à harceler le malheureux de questions à tour de rôle, cherchant à provoquer une contradiction dans ses réponses. Mais il ne démord pas de la version qu'il vient de leur fournir. Bien que persuadée de l'innocence de l'inventeur, Alice ne peut s'empêcher de reconnaître que l'histoire reste obscure. Somme toute, Félix Raybolt demeure introuvable et Joe Swenson est la dernière personne à avoir eu un rendez-vous avec lui.

Toutefois, l'attitude franche de l'accusé semble impressionner les inspecteurs et la jeune détective a bon espoir qu'ils finiront par le libérer, d'autant que Félix Raybolt est connu pour s'être enri-

chi en volant les découvertes des autres. L'homme ne doit pas manquer d'ennemis. Les inspecteurs s'entretiennent brièvement à voix basse entre eux, puis avec le commissaire. Ils se disposent ensuite à questionner les jeunes filles. Celles-ci ne leur disent que le strict nécessaire. Alice raconte en détail l'histoire des lettres contenant des mandats qui se sont égarées en route, ainsi que l'arrestation de l'employé malhonnête et des ses complices. Elle profite de chaque occasion pour glisser un mot en faveur du suspect, et bientôt l'atmosphère se détend.

Cette séance désagréable tire à sa fin, lorsque quelqu'un frappe à la porte. Un policier entre et, s'adressant à son supérieur, annonce :

— Mme Raybolt vient d'arriver. Dois-je la faire entrer ?

— Oui, répond le commissaire, au grand désarroi des trois jeunes filles.

Alice devine en effet que c'est Mme Raybolt qui a lancé les inspecteurs sur les traces de Joe Swenson et qu'elle a l'intention de poursuivre le suspect jusqu'au bout. Malheureusement pour leur compagnon, ses pressentiments se révèlent justes. L'aspect de Mme Raybolt éveille aussitôt la sympathie des policiers, tant elle semble épuisée.

— Vous pouvez identifier cet homme ? l'interroge le commissaire Johnson avec égard.

La nouvelle venue dévisage longuement le pri-

sonnier. Alice, qui ne la quitte pas du regard, voit une lueur d'incertitude flotter dans ses yeux. Il n'en faut pas plus à la détective amateur pour être convaincue que Mme Raybolt n'a jamais vu M. Swenson de sa vie ! Celle-ci n'hésite pourtant qu'un moment avant de crier d'une voix suraiguë :

— Oui ! Je suis sûre que c'est l'homme que mon mari devait rencontrer. Félix le craignait. C'est un criminel ! Un monstre qui n'a pas hésité à brûler ma maison et mon mari avec ! C'est un assassin !

Là-dessus, elle éclate en sanglots. Un inspecteur la prend par le bras et la conduit doucement hors de la pièce. La situation s'est à nouveau retournée. Les inspecteurs qui, quelques minutes plus tôt, envisageaient de laisser repartir Joe Swenson ont changé d'avis.

— Vous pouvez rentrer chez vous, mesdemoiselles, annonce le commissaire aux trois amies. Si nous avons besoin de vous, nous vous convoquerons.

— Et M. Swenson ? demande Alice, qui veut encore espérer.

— Nous le gardons en détention provisoire. Je ne prétends pas qu'il a menti, mais il va falloir qu'il prouve sa version des faits.

Il n'y a plus rien à ajouter. Joe Swenson remercie la jeune détective de l'aide qu'elle a cherché à lui apporter.

— Qu'est-ce que je vais devenir ? se lamente-t-il. J'ai dit la vérité, mais on ne veut pas me croire.

— Ne perdez pas espoir, le rassure Alice. Je vais vous trouver un avocat. Et je vous amènerai votre femme et Jenny.

Puis, un inspecteur prend le prisonnier par le bras et l'entraîne hors de la pièce. En passant dans le couloir, les trois amies trouvent Mme Raybolt effondrée sur un banc ; la tête dans les mains, elle sanglote à fendre l'âme. Furieuse contre cette femme qui, par un faux témoignage, a provoqué l'inculpation de Joe Swenson, Alice s'apprête à passer sans lui adresser un mot. Puis la pitié est plus forte que son dégoût et elle s'arrête.

— Ne vous mettez pas dans cet état, madame, commence-t-elle gentiment. On retrouvera votre mari... j'en suis persuadée.

Mme Raybolt s'essuie les yeux et se lève. Elle fixe sur la jeune fille un regard presque dément.

— Comment osez-vous me dire ça ? hurle-t-elle d'une voix perçante. Vous êtes la complice de Joe Swenson ! Je suis sûre que vous avez aidé ce monstre à tuer mon mari !

Puis, agrippant la jeune fille par les épaules, elle se met à la secouer en criant :

— Inspecteur ! venez ! Vous devez arrêter cette fille, c'est la complice de l'assassin !

chapitre 16

Nouvelle mission

La première stupeur passée, Alice recule pour tenter d'échapper à Mme Raybolt. Bess et Marion, en entendant les cris de celle-ci, reviennent en courant sur leurs pas et cherchent à repousser la femme en furie. Mais celle-ci continue de plus belle :

— J'exige qu'on arrête cette fille ! Elle a comploté la mort de mon mari, c'est une criminelle !

Ses cris alertent le commissaire qui, d'une voix ferme, lui ordonne de se taire :

— Madame, c'est au juge d'instruction de régler cette affaire. Reprenez votre sang-froid !

L'interpellée s'apprête à répliquer, mais elle se ravise brusquement et lâche prise.

— Madame, reprend alors Alice, je comprends votre douleur, mais il faut que vous reconnaissiez

que tout le monde s'efforce de retrouver votre mari. Les enquêteurs sont certains que personne ne se trouvait dans la maison au moment de l'explosion. M. Raybolt est vivant.

— Mais alors, où est-il ? gémit sourdement son interlocutrice.

— Personne ne le sait pour l'instant, admet la jeune détective en regardant la femme bien dans les yeux... À part vous peut-être ? ajoute-t-elle avec un calme impressionnant et à la surprise de tous ceux qui les entourent.

Mme Raybolt est prise d'un tremblement nerveux. Elle s'affaisse de nouveau et se couvre le visage des mains. Toutes les personnes présentes se regardent. Que va-t-elle répondre ?

Enfin, la femme lève la tête. Elle n'a plus rien de la veuve accablée par un insurmontable chagrin. Elle lance à Alice un regard haineux.

— Cette fille est folle, affirme-t-elle. Et elle se mêle de ce qui ne la regarde pas. J'ignore où est Félix. Il est mort ! Je vous dis qu'il est mort !

Sur ces derniers mots, sa voix s'élève en un cri suraigu. Le commissaire donne l'ordre à un agent de la reconduire à sa voiture. Après son départ, il demande à la jeune détective ce qui l'a poussée à poser cette question. Celle-ci sourit.

— Beaucoup de gens croient que M. Raybolt est vivant. Il a la réputation d'avoir escroqué un grand nombre de personnes. Apparemment,

M. Swenson aurait été l'une de ses dernières victimes. Ça ne m'étonnerait pas qu'il ait jugé bon de disparaître. Pourtant, quelque chose me dit qu'il est resté en contact avec sa femme et qu'elle sait où il se trouve en ce moment.

Le commissaire regarde la jeune fille avec un mélange d'amusement et d'admiration.

— C'est possible. Vous vous doutez bien que nous y avons pensé aussi. On procède actuellement à des vérifications dans les hôpitaux, auprès des compagnies aériennes et des compagnies de navigation. Pour l'instant, nous n'avons rien trouvé qui prouve qu'il soit vivant.

— J'espère que vous allez bientôt lui mettre la main dessus, ça innocenterait M. Swenson.

Le policier ne répond pas à ces derniers mots. Alice se tourne vers ses amies et elles sortent ensemble du poste de police. Une fois sur le trottoir, Marion pousse un grand soupir.

— Ouf ! Je ne suis pas mécontente que cela soit fini ! Que fait-on à présent ?

— On rentre ! s'écrie Bess. Ces émotions m'ont épuisée.

— Tu es sûre ? demande la jeune détective.

— Oh, toi, tu as encore une idée derrière la tête..., marmonne Bess en fronçant les sourcils.

— On ne peut rien te cacher ! réplique son amie en riant. Je me demandais si M. Weston ne pourrait pas nous aider à faire libérer Joe Swen-

son. Ça vous ennuierait de m'accompagner chez lui ?

— Eh bien d'accord, en route ! décide Marion.

Vers dix-huit heures trente, les trois amies arrivent donc devant la somptueuse demeure des Weston. L'industriel et sa femme sont très étonnés d'apprendre l'arrestation de celui qu'ils connaissent sous le nom de Joe Dahl.

— Il n'était pas chez nous depuis longtemps, mais il avait déjà su se faire apprécier de ses collègues, déclare M. Weston, qui semble beaucoup plus calme que les fois précédentes. Le chef du personnel m'en parlait pas plus tard que ce matin.

— Alors, s'il est reconnu innocent – ce qui ne saurait tarder j'espère –, vous le reprendrez ? l'implore Alice.

— Bien sûr.

Soulagée, la jeune détective adresse à M. Weston son plus beau sourire, tant elle est heureuse de cette bonne nouvelle.

— Est-ce que votre chef du personnel pourrait nous fournir un élément en faveur de M. Swenson ?

Le directeur de l'usine réfléchit quelques secondes, hoche la tête, puis se lève et se dirige vers le téléphone. Il s'entretient un assez long moment avec son collaborateur ; enfin, il raccroche.

— Mon chef du personnel est persuadé que

M. Dahl – je veux dire Swenson – n'est pas du genre à se venger et encore moins à se montrer violent. C'est un homme d'une grande valeur morale. Nous pourrons tous les deux témoigner dans ce sens. Je regrette de ne pas pouvoir faire plus.

— C'est déjà beaucoup, assure Alice avant de prendre congé. Merci.

Les trois filles reprennent alors la route pour River City. Après avoir ramené ses amies chez elles, la jeune détective regagne sa maison. Quelle n'est pas sa surprise en apercevant une voiture qu'elle connaît bien garée devant le garage !

« Ned ! » jubile-t-elle.

Elle croise le jeune homme sur le perron.

— Alice ! s'exclame-t-il tout joyeux. J'ai cru que tu ne rentrerais jamais !

— Que me vaut l'honneur de ta présence ? lance la jeune fille en souriant.

— Je voulais te proposer d'aller au cinéma avec moi.

— Oh ! non, merci ! La journée a été épuisante ! Je n'ai qu'une envie : m'asseoir dans un bon fauteuil et bavarder. J'ai des tas de choses à te raconter.

— À vos ordres, mademoiselle la détective, répond en riant le jeune homme.

Quand ils sont installés dans le salon, Alice lui fait un compte-rendu détaillé de sa journée.

— Puisque tu es à Mapleton en ce moment, tu pourrais aller voir Joe Swenson de temps en temps ; il a besoin de réconfort.

— J'irai dès demain. Et j'emmènerai Jenny et sa mère, si tu veux. J'imagine que M. Swenson sera content de les revoir.

Les deux amis parlent ensuite du mystère qui entoure la disparition de Félix Raybolt. Ned partage le même avis que la jeune fille : la femme de Raybolt en sait sûrement plus long qu'elle ne veut l'avouer. Puis, voyant qu'Alice est très fatiguée, le jeune homme écourte sa visite. En la quittant, il lui promet de l'aider à retrouver le disparu.

Après son départ, la jeune détective ne monte pas tout de suite dans sa chambre. Un filet de lumière filtre sous la porte du bureau de son père, aussi décide-t-elle de l'informer des derniers événements.

— Qu'est-ce qui se passe ? commence l'avocat en voyant sa fille entrer. Tu as l'air soucieux.

Alice reprend donc son récit et communique ses craintes à son père :

— Je m'inquiète beaucoup pour Joe Swenson. Tu crois qu'il a une chance de s'en tirer ?

— D'après ce que tu me racontes, il sera sûrement condamné, à moins que Félix Raybolt ne reparaisse soudain.

— C'est de ça que je voulais te parler. Je suis certaine qu'il se cache quelque part.

— C'est aussi mon opinion. Et j'ai appris aujourd'hui quelque chose qui semblerait le confirmer. Tu pourrais peut-être mener une petite enquête là-dessus...

Contenant à grand-peine son impatience, Alice quitte l'accoudoir sur lequel elle s'est perchée et va s'asseoir dans un fauteuil, en face de son père.

— Je t'ai raconté que Félix Raybolt s'était approprié l'invention d'un de mes clients – un système permettant d'améliorer les ascenseurs automatiques ?

Alice opine de la tête, puis se penche en avant, les oreilles grandes ouvertes.

— M. Simpson, mon client, croit, lui aussi, que M. Raybolt a estimé que ses affaires se gâtaient et qu'il valait mieux disparaître pour quelque temps. Et un fait étrange est venu renforcer sa conviction. L'autre jour, sa femme s'est arrêtée à une station-service à quelques kilomètres de Mapleton. Juste à ce moment, une vieille voiture, conduite par un homme à l'aspect douteux, en est repartie. Mme Simpson a eu le temps d'apercevoir le visage de l'homme et elle est pratiquement sûre que c'était Félix Raybolt.

— Ça, c'est très intéressant ! s'exclame la jeune fille. Elle l'a suivi ?

— Non, mais elle a posé des questions au pompiste. Il lui a dit que la voiture était remplie à craquer de boîtes de conserve et de provisions.

— Hum... ça semblerait indiquer que l'homme avait l'intention de se terrer dans une cachette pendant un certain temps...

— Exactement, confirme M. Roy. Cela dit, Mme Simpson a pu se tromper. Le pompiste a affirmé que c'était la première fois qu'il voyait cet homme. Mais c'est un témoignage à ne pas négliger.

— Ça, tu peux le dire ! Dès demain matin, j'irai explorer cette nouvelle piste !

chapitre 17

Un homme en fuite

Le lendemain matin, Alice se lève de bonne heure et téléphone juste après le petit déjeuner à Bess et Marion pour leur proposer de l'accompagner. Comme elle s'y attendait, les deux cousines sont ravies de participer à ses investigations et, une heure plus tard, toutes trois roulent en direction de la station d'essence.

Après avoir fait le plein, la jeune détective explique au pompiste qu'elle mène une enquête et lui demande si le conducteur de la vieille voiture est revenu.

— Non, déclare l'homme. De toute façon, il a fait le plein et, sur la banquette arrière, il avait de quoi se nourrir pendant plus d'un mois. Ça m'étonnerait qu'il repasse de sitôt.

— De quel côté est-il parti ? le questionne Alice.

Le pompiste tend l'index dans une direction qui, remarque Alice, est opposée à celle de la maison incendiée.

— Vous pouvez me décrire le véhicule ? poursuit-elle, persuadée d'être sur la bonne voie.

— C'était une voiture noire, un modèle très ancien. Mais elle était dans un sale état, cabossée de partout et pleine de boue. Il ne devait pas en prendre grand soin.

Quelques minutes plus tard, les trois amies suivent la route prise par l'étrange conducteur. Au bout d'un moment, la jeune détective interroge ses compagnes :

— Une vieille voiture noire, toute cabossée, ça ne vous rappelle rien ?

— Celle qui a failli nous mettre dans le fossé sur la déviation de Mapleton ! s'écrie Marion.

— Tu crois que c'était Félix Raybolt, Alice ? demande Bess.

— Possible... Dommage qu'on n'ait pas noté le numéro de la plaque d'immatriculation, ça nous aurait peut-être mises sur sa piste plus rapidement.

— Zut, c'est rageant, gronde Marion. Si...

— C'est trop tard maintenant de toute façon, la coupe Alice qui a de toute évidence une autre idée derrière la tête. À votre avis, où iriez-vous vous cacher dans le coin si vous vouliez disparaître aux yeux des gens ?

— Tu penses à la cabane tapissée de toiles d'araignée, je parie ! s'exclame Marion.

— Exactement ! Il faut qu'on retourne là-bas !

— Tu es sûre ? se lamente Bess, qui n'a pas du tout envie de revenir dans ce lieu inquiétant.

— C'est pour le bien de Joe Swenson et de sa famille, tranche la jeune détective.

Bientôt, le cabriolet s'engage sur le chemin de la Colline Verte. Alice conduit très lentement, attentive au moindre mouvement dans les bois. Plutôt inquiètes, ses deux amies gardent le silence. Enfin, la cabane apparaît sur le bord de la route.

— Vous me suivez ? lance la meneuse aux cousines.

— S'il le faut..., soupire Bess.

Les trois amies s'avancent à pas lents vers la maisonnette. À leur grande surprise, elles constatent que la porte est ouverte.

— Bizarre..., commente Alice, sur ses gardes.

Marchant en tête, la jeune détective s'approche de l'entrée et pousse prudemment la porte.

— C'est vide, annonce-t-elle. On peut y aller.

— Apparemment, l'occupant a mis les voiles, constate Marion. Regardez, les boîtes de conserve ont disparu.

Alice promène son regard à l'intérieur de la cabane. De toute évidence, il n'y a plus rien à voir ici. Les trois amies sortent donc et vont s'as-

seoir sur une souche d'arbre non loin de là, afin de décider de la suite des opérations.

— Quel silence ! remarque Bess. On pourrait entendre une feuille tomber.

Soudain, les jeunes filles sursautent. Le bruit d'une scie électrique vient de troubler la paix environnante. Un craquement terrible se fait entendre.

— Des bûcherons, suppose Marion.

— Oui, merci de nous prévenir, mais l'arbre est déjà tombé ! rétorque sa cousine en riant. À mon avis, ça ne sert à rien de rester dans le coin, ce n'est sûrement pas M. Raybolt qui l'a coupé.

— On n'est pas loin de la zone d'abattage, intervient Alice, on pourrait y faire un tour. L'un des hommes a peut-être aperçu M. Raybolt ou sa voiture.

Les jeunes filles reprennent donc leur marche sur un chemin de plus en plus accidenté. Le bruit de scie s'amplifie. Enfin, elles parviennent à une large clairière.

— Regardez, ça doit être le contremaître là-bas, avance Alice.

Et, tout en parlant, elle se dirige vers un homme grand et corpulent.

— Bonjour, commence-t-elle. Vous n'auriez pas vu par hasard un homme d'apparence plutôt négligée qui conduit une vieille voiture ? On

pense qu'il habite dans une cabane au milieu des bois.

— On n'a pas coupé de bois ici pendant une semaine et on n'a repris le travail qu'il y a deux jours, vous savez, leur explique le contremaître. Avant, chaque fois qu'il y avait une grosse averse, on avait l'habitude, mes hommes et moi, de se mettre à l'abri dans une vieille cabane toute proche d'ici, sur le chemin d'où vous venez. Mais, quand on y est allés hier, on a eu une drôle de surprise. Un homme en est sorti armé d'un fusil de chasse et il nous a crié de déguerpir. Il était grand, mince et portait des haillons. Sûrement un fou !

— Il avait une voiture ?

— Oui, une espèce de caisse noire toute cabossée. C'est lui que vous cherchez ?

— Oui, répond Bess. Mais s'il a un fusil de chasse, j'aime autant ne pas le rencontrer.

Le contremaître éclate de rire.

— Pas besoin de vous faire du souci, mademoiselle. Il est parti.

— Quand ?

— Pendant la nuit, je suppose. Je suis passé du côté de la cabane ce matin et sa voiture n'était plus là. J'ai fait un tour à l'intérieur, elle était vide. À mon avis, on ne le reverra pas de sitôt. Il avait l'air de rechercher la solitude et une coupe de bois n'est pas vraiment l'endroit idéal pour

quelqu'un qui tient à la paix et au silence. Mais, si ce n'est pas indiscret, pourquoi est-ce que vous vous intéressez à cet homme ?

Un bûcheron a la bonne idée de l'appeler juste à ce moment, ce qui épargne aux jeunes filles la peine d'inventer une explication plausible. Comme il s'éloigne à la hâte, les trois amies rebroussent chemin, jusqu'à l'endroit où elles ont laissé le cabriolet.

— Tu crois que l'homme au fusil de chasse est M. Raybolt ? demande Marion à la jeune détective.

— Ça ne m'étonnerait pas, affirme Alice.

— Mais il a un fusil ! crie Bess. Ça serait de la folie de continuer à lui courir après.

— Je sais que c'est dangereux, mais il faut absolument le retrouver, dans l'intérêt de M. Swenson. Je suis sûre que Raybolt et sa femme sont de mèche. Il tente non seulement d'échapper à ceux qu'il a escroqués, mais également de toucher les indemnités pour sa maison et l'assurance vie qu'il a probablement souscrite. Pour ça, il fallait qu'il disparaisse et que sa femme prétende être persuadée de sa mort. Quand elle aura touché l'argent, elle ira sûrement le rejoindre, où qu'il soit.

Marion est prise d'un fou rire.

— Vous imaginez la tête de ce bandit si sa

femme touche les indemnités et les garde pour elle ! Ça serait bien fait pour lui !

— Je ne serais pas étonnée qu'elle lui joue ce tour ! renchérit Bess. Ce ne sont pas les scrupules qui doivent l'étouffer !

Quand les jeunes filles regagnent la grand-route, Bess décrète qu'il est temps de déjeuner et qu'elle ne reprendra en aucun cas l'enquête avant un bon repas.

— C'est d'accord, cède Alice en riant. Que dirais-tu de *La Pomme d'Or* ? Nous n'en sommes pas très loin.

— Excellente idée ! raille Bess. Comme ça, Mme Raybolt se dépêchera d'appeler la police et de te faire arrêter !

Renonçant à son projet, la jeune détective repère donc un petit restaurant au bord de la route, à quelque distance de la ville, et s'y arrête. À table, les trois amies discutent du programme de l'après-midi.

— Si on rendait une petite visite à M. Swenson ? propose la jeune détective.

Les trois filles arrivent au commissariat de Mapleton vers quinze heures. Après avoir écouté la requête d'Alice, l'inspecteur de service lui annonce que, justement, on vient de conduire M. Swenson dans une des salles d'attente.

— Sa petite fille est venue le voir, explique-t-il, et on s'est dit qu'elle n'avait pas besoin de

savoir que son papa était en prison. On lui a expliqué qu'il allait rester quelques jours avec nous. Sa femme est ici aussi. Vous les connaissez ?

— Oui.

— C'est bon, vous pouvez les rejoindre.

L'inspecteur conduit les jeunes filles dans la salle d'attente, gardée par un autre policier. Dès qu'elles pénètrent dans la pièce, Jenny se précipite dans les bras d'Alice. M. et Mme Swenson ont eux aussi l'air content de cette visite inattendue. Toutefois, malgré leurs efforts pour sourire, ils semblent souffrir beaucoup. Les yeux de la pauvre femme sont gonflés et rouges, et elle est très pâle.

— Votre ami Ned a eu la gentillesse de nous conduire auprès de mon mari. Il va revenir d'ici une heure.

Joe Swenson reprend un peu courage lorsque Alice lui annonce que son patron lui a promis de témoigner en sa faveur et de ne pas le licencier.

— Pour arranger vraiment les choses, il nous faudrait un avocat, confesse Mme Swenson, de nouveau au bord des larmes. Et nous n'avons pas les moyens d'en payer un.

— Ne vous inquiétez pas pour ça. Si jamais l'affaire va devant les tribunaux, mon père défendra votre mari sans lui demander quoi que ce soit, assure Alice. Mais je suis persuadée qu'on réussira à prouver son innocence avant ça.

— Vous trouverez peut-être des éléments inté-
ressants dans mon carnet, suggère M. Swenson à
voix basse.

La jeune fille acquiesce. Les trois amies restent quelques minutes de plus, puis elles partent,
afin de laisser les Swenson seuls. Ils ne se sont
pas vus depuis longtemps et ils ont certainement
beaucoup de choses à se dire. Quand elles se
retrouvent dans la rue, Alice annonce à ses amies :

— Il est temps de prendre des nouvelles de
M. Peterson. S'il va mieux, j'aimerais lui demander de traduire ce carnet. J'y trouverai peut-être
un indice !

chapitre 18

Une traduction révélatrice

À quelques mètres du commissariat, les trois jeunes filles aperçoivent une cabine téléphonique. Alice y entre et appelle la pâtisserie. À sa vive satisfaction, elle apprend que son vieil ami est sorti de l'hôpital et qu'il la recevra avec plaisir.

— Les filles, on repart pour River City ! annonce-t-elle gaiement.

À leur arrivée en ville, la jeune détective dépose les deux cousines, qui doivent retrouver leurs parents, et prend la direction de la pâtisserie de M. Peterson. La vendeuse l'informe que son patron est dans son appartement, au premier étage. Le convalescent est assis dans un fauteuil et il s'excuse de ne pas se lever. La jeune fille lui sourit avec sa gentillesse habituelle.

— Je suis contente de vous revoir, monsieur, et surtout de savoir que vous êtes en bonne santé !

— Merci, Alice. Quelle belle jeune fille tu es devenue ! Qu'est-ce que je peux faire pour toi ?

— Je voudrais vous demander un grand service, monsieur Peterson. Est-ce que vous seriez d'accord pour me traduire quelques pages de suédois ? C'est une sorte de journal intime.

— Avec plaisir. Montre-moi ça.

La jeune détective sort le carnet vert de son sac et le tend à M. Peterson. Le pâtissier le parcourt rapidement avant de dire à haute voix :

— Ce carnet appartient à un inventeur. Ce n'est pas un compte-rendu au jour le jour ; l'auteur s'est contenté de noter les faits les plus importants.

Et M. Peterson se met à traduire. Le début n'apporte aucun élément nouveau concernant l'affaire Raybolt. Au bout d'un moment, Alice interrompt le pâtissier :

— Si vous êtes fatigué, arrêtez-vous. Je reviendrai une autre fois.

— Ne t'inquiète pas, Alice, la rassure le vieil homme. Je me sens très bien.

Il reprend sa traduction :

— « Aujourd'hui, a écrit Joe Swenson, je suis allé voir un homme qui se charge de vendre des brevets d'invention à de grosses sociétés et partage ensuite les recettes avec les inventeurs. Il s'appelle Raybolt. La semaine prochaine, je dois lui apporter les croquis et l'explication de mon

procédé électrochimique destiné à entourer l'acier d'une couche de céramique spéciale, capable de résister à de très hautes températures. »

M. Peterson tourne la page et reprend :

— « Mon ami Tuborg Heilberg m'a conseillé de ne pas montrer mon invention à Raybolt. Mais l'argent manque à la maison... »

« C'est le passage que Joe Swenson m'a traduit hier ! » constate Alice.

Quelques pages plus loin, le pâtissier trouve le compte-rendu de l'entretien qui s'est déroulé entre M. Swenson et Raybolt. D'après ce qui est écrit, l'inventeur a confié les détails de son invention à Raybolt. Celui-ci lui a remis un chèque de cinq cents dollars et lui a promis verbalement de lui verser cinquante pour cent des droits touchés sur l'invention.

— « Ce Raybolt est un homme rusé, traduit M. Peterson. Il m'a confié qu'il n'aimait pas déposer des papiers importants ou de l'argent dans des coffres de banque. Il a aménagé dans sa maison un emplacement qu'il est seul à connaître. Le... »

À ces mots, une idée traverse l'esprit de la jeune détective.

« M. Swenson pensait peut-être à ce passage quand il a fait allusion au carnet tout à l'heure... » songe-t-elle.

— Monsieur Peterson, je crois que vous venez

de m'apporter la solution à un problème qui me préoccupe depuis un moment.

— Tu m'en vois ravi, Alice. Tu veux que je continue à traduire ?

— Oui, s'il vous plaît.

Le pâtissier poursuit donc. Il ne s'agit presque plus que de détails sur l'invention et de données techniques sur les substances entrant dans la composition de la couche de céramique. Cette partie est quasiment incompréhensible pour quiconque n'est pas spécialiste de la question.

« En tout cas, ce journal est bien la preuve que l'invention appartient à M. Swenson », conclut Alice.

Le journal se termine sans qu'il soit question d'un contrat établi entre les deux hommes. La jeune détective est aux anges. Joe Swenson peut attaquer Félix Raybolt en justice ! Elle est impatiente de parler de tout cela avec son père.

— Merci beaucoup, monsieur Peterson, dit-elle en reprenant le précieux carnet, vous m'avez été d'un grand secours.

— Je suis enchanté d'avoir pu te rendre service, répond le pâtissier. Cette lecture m'a beaucoup intéressé. L'auteur de ce journal est un homme bon et intelligent. Mais, en affaires, il ne m'a pas l'air assez prudent. C'est sans doute ce qui lui cause tant d'ennuis.

— Exactement, approuve la jeune détective.

— Et tu veux lui venir en aide..., continue le vieil homme. Ça me fait drôle de penser que la petite fille qui aimait tant les friandises est devenue une détective célèbre !

Alice joint son rire à celui de son ami et, lui serrant la main, elle lui souhaite une rapide convalescence, puis elle part. Impatiente de voir son père, elle passe à son cabinet.

— J'ai à peine cinq minutes à te consacrer, je suis débordé, la prévient l'avocat.

La jeune fille lui résume aussi brièvement que possible ce qu'elle et ses amies ont appris à la cabane perdue dans les bois et ce que contient le carnet de Joe Swenson. James Roy pense que, si l'inventeur intente un procès contre M. Raybolt, il aura toutes les chances de le gagner, mais avant tout, il faut que l'escroc réapparaisse.

— Je me suis informé auprès de la police. L'enquête n'avance pas beaucoup et les inspecteurs ont décidé de ne plus surveiller la maison. Ils n'ont pas la moindre idée de l'endroit où Raybolt se trouve, dit-il.

— J'en fais mon affaire, papa. Je le retrouverai !

— Très bien. Allez, bonne chance, ma chérie et, quand tu verras Mme Swenson, dis-lui de ne pas s'inquiéter. Les choses ne tarderont pas à s'arranger.

Alice remonte en voiture et rentre chez elle.

Dans la cuisine, Sarah se détend devant une tasse de thé. La jeune fille s'assied en face d'elle et la met au courant des derniers progrès de son enquête.

— Quel travail tu as abattu ! admire la vieille gouvernante. Tu vas me faire le plaisir de te reposer un peu maintenant !

Mais Alice l'écoute à peine. Le regard perdu dans le vague, elle réfléchit. Soudain, elle se lève d'un bond.

— Ça y est ! J'ai trouvé !

— Trouvé quoi ?

— Je sais comment prendre Félix Raybolt au piège !

chapitre 19

Le piège

Alice expose son plan à Sarah. Persuadée que Félix Raybolt se cache non loin de sa propriété, peut-être même dans le bois qui borde le parc, elle a l'intention de guetter le moment où il ira rôder autour des ruines.

— Il paraît qu'un criminel retourne toujours sur les lieux de son crime, rappelle-t-elle. En plus, il a une excellente raison d'y revenir : il doit récupérer son coffre. Ce soir, la maison ne sera plus surveillée, il va sûrement tenter quelque chose...

— Et alors, qu'est-ce que tu comptes faire ?

— Avec Bess et Marion on montera la garde. Ça ne servira peut-être à rien, mais quelque chose me dit qu'on va surprendre notre homme. J'en ai le pressentiment.

— Tout ça m'a l'air plutôt dangereux, Alice,

s'inquiète la gouvernante. J'aimerais mieux qu'un homme vienne avec vous.

— Papa ne rentrera qu'après le dîner, objecte sa protégée. Il a un rendez-vous qui le va retenir très tard.

Elle se tait un instant, puis reprend :

— Je pourrais demander à Ned de nous accompagner.

— Oui, s'il te plaît, fais-le.

— Ne te tracasse pas, Sarah. Je m'arrêterai chez lui en passant. Mapleton est sur notre chemin.

Quand elle appelle Marion pour la mettre au courant de ses intentions, celle-ci s'informe :

— À ton avis, où est la cachette du coffre ?

— Si tout n'a pas été détruit, elle ne peut se trouver que dans un seul endroit, déclare son amie : dans un des murs de la cave. Même si Raybolt ne se montre pas, je vais essayer de la découvrir. Ce soir, on va casser de la brique, prépare-toi !

La jeune détective dit la même chose à Bess et la prévient qu'elle passera la prendre d'ici trois quarts d'heure.

— D'accord, je t'attends.

Une heure plus tard, les trois jeunes filles roulent en direction de Mapleton.

— La nuit risque d'être très noire, observe Marion. Il n'y aura pas de lune ce soir.

— Tant mieux, se réjouit la jeune détective. M. Raybolt hésitera d'autant moins à revenir dans ce qui reste de sa maison.

— On prend des risques, intervient Bess. Comment devrons-nous réagir s'il surgit armé d'un fusil ?

— Bah ! On sera trois contre un, réplique Alice. De toute façon je vais m'arrêter chez Ned au passage pour voir s'il accepte de se joindre à nous.

— Excellente idée ! approuvent chaudement les deux cousines.

Le soleil baisse déjà à l'horizon quand le cabriolet atteint Mapleton. Les jeunes filles sonnent chez Ned. Malheureusement, il n'est pas encore rentré. Alice griffonne alors rapidement quelques mots sur un papier et le remet à Mme Nickerson.

Tandis qu'elles s'éloignent, Bess bredouille d'une voix inquiète :

— Je ne sais pas pourquoi, mais je sens que ça va mal se passer ce soir. Si encore les maisons des voisins n'étaient pas aussi éloignées, on pourrait appeler au secours. Mais là, personne ne nous entendra !

— Calme-toi, la gronde gentiment la jeune détective. On s'en tirera très bien. On en a vu d'autres !

— Je me charge de Félix ! fanfaronne Marion.

Regarde un peu mes muscles. Je n'ai pas perdu mon temps au gymnase, moi, contrairement à certaines !

Le crépuscule tombe quand les trois amies parviennent en vue de la maison brûlée. Dans cette demi-pénombre, la propriété paraît étrangement solitaire et sinistre. Marion, elle-même, perd toute envie de plaisanter à la pensée que, bientôt, l'obscurité sera complète. Alice dépasse l'enceinte du parc et dissimule le cabriolet dans l'épaisseur du bois. Puis, munies de pioches, de pelles et de torches électriques, qu'Alice a pris soin d'emporter, les trois jeunes filles franchissent la grille. Un silence impressionnant règne alentour. Après quelques minutes de marche, elles arrivent devant ce qui était il y a peu une si fière demeure. Quelques poutres noircies se dressent encore, semblables à des sentinelles gardant les ruines.

— C'est lugubre ! lâche Bess en frissonnant. Alice, ton idée est complètement folle !

La jeune détective ne répond pas. Quand elle s'est assurée que personne ne se trouve dans les parages, elle allume sa lampe électrique et la promène sur les murs de fondation. Elle se rend vite compte qu'il est presque impossible de déplacer les pierres pour tout inspecter. Néanmoins, elle pose sa torche sur un tas de gravats et se met à piocher dans les blocs.

— Qu'est-ce que tu espères dénicher ? l'interroge Marion en allumant sa lampe à son tour.

— Un creux ou une trappe, répond son amie. Allez, courage ! Aidez-moi à tour de rôle. Celle qui ne travaillera pas se chargera du guet.

Bess se poste en sentinelle, tandis que les deux autres manient pelle et pioche. Elles ont vite fait de dégager un mètre de mur. Malheureusement, elles ont beau chercher, elles ne voient pas la moindre pierre descellée, ni quoi que ce soit qui indique une cachette. Soudain, Bess chuchote :

— Attention, éteignez ! Quelqu'un vient !

En une seconde, l'obscurité règne à nouveau et les trois jeunes filles s'aplatissent par terre, le cœur battant la chamade et l'oreille tendue. Cependant, plus aucun bruit ne trouble le silence.

— Je suis pourtant sûre de ne pas m'être trompée, murmure Bess.

— Alors, il vaut mieux abandonner le travail et nous cacher, déclare Alice. Si c'est Raybolt, il ne va pas tarder à être ici.

Sans lumière, les jeunes filles quittent les ruines en butant sur les débris et descendent l'allée. Alors qu'elles ont presque rejoint la grille d'entrée, Alice s'arrête et décide :

— On va laisser nos outils ici et revenir sans bruit vers les ruines par le bois.

Aussitôt dit, aussitôt fait : les trois amies camouflent les pioches et les pelles et se faufilent

entre les arbres jusqu'au buisson où Alice a aperçu Joe Swenson le jour de l'incendie. Bien à l'abri des regards, tout en ayant vue sur le chemin d'accès, elles s'installent aussi confortablement que possible. Une demi-heure passe, puis une heure. À plusieurs reprises, des craquements de branches ou la chute de brindilles mortes font sursauter les trois amies.

— Qu'est-ce qu'il y a comme moustiques ici ! se plaint Bess. En plus, j'ai mal partout !

— Tu t'en remettras, assure Alice, taquine.

— Tu comptes rester ici encore combien de temps ? s'impatiente Marion. Il doit être près de minuit.

— Tu exagères ! Il est à peine dix heures, corrige son amie.

— Si M. Raybolt devait venir, il serait déjà ici depuis longtemps, intervient Bess d'une voix somnolente.

— Je veux rester un peu plus, insiste Alice, sans perdre son calme.

Le silence retombe. Bess et Marion finissent par s'allonger, laissant leur amie monter la garde. Bientôt, Bess ferme les yeux et s'endort. Peu après, c'est au tour de Marion.

Soudain, un cri perçant les réveille. Il est immédiatement suivi d'un bruit de pas précipités.

— Alice ! hurle Marion, en sautant sur ses pieds. Qu'est-ce qui se passe ?

Pas de réponse.

— Alice ! s'écrie Bess à son tour en empoignant sa cousine par le bras.

Toujours pas de réponse... Les deux jeunes filles constatent que leur amie n'est plus à côté d'elles. Où est-elle ? Et qui a poussé ce cri ?

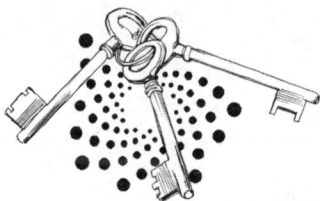

chapitre 20

Surprise !

Tandis que les deux cousines dorment, Alice décide de passer à l'action. Ses yeux, habitués à l'obscurité, vont sans cesse des bois à l'allée et de l'allée aux ruines calcinées. Tout à coup, un bruit de pas lui fait dresser l'oreille.

« J'espère que c'est Ned », se dit-elle.

La silhouette masculine qui s'avance est encore trop éloignée pour qu'elle puisse l'identifier. Elle attend donc, le cœur battant. L'homme s'arrête. Elle s'apprête à réveiller Bess et Marion quand elle réalise qu'elles risquent de parler tout haut et de trahir leur présence. Que faire ? L'homme se remet en marche et se dirige vers la maison brûlée. La jeune fille n'a pas le choix, elle doit le suivre. Laissant ses amies endormies, elle se rapproche des ruines en se glissant d'un arbre à

l'autre à la faveur de l'obscurité. Quelle chance pour elle qu'il n'y ait pas de lune !

Parvenue à quelques mètres de l'homme, la détective amateur s'immobilise. À cet instant, il allume une lampe de poche. Ce n'est pas Ned. D'après les photographies publiées dans les journaux, cette silhouette grande et mince n'est autre que celle de Félix Raybolt ! Celui-ci tient une pelle à la main. Soudain, il escalade un monticule de pierres et se met à creuser dans le mur de la cave à quelques mètres de l'endroit qu'Alice et Marion ont attaqué un peu plus tôt.

« C'est donc là que se trouve la fameuse cachette ! » songe la jeune fille.

En proie à une vive excitation, elle surveille l'homme qui retire plusieurs pierres du mur de fondation. Il dégage bientôt un coffre, l'ouvre et en sort plusieurs liasses de papiers. Au grand effroi d'Alice, il les pose par terre et, approchant une allumette, enflamme l'une d'elles.

« Non ! Ce sont les preuves contre lui. Il ne faut pas qu'il les détruise ! »

Sans réfléchir, elle bondit en avant et, saisissant la pelle qu'il a posée à terre, se met à battre énergiquement les flammes pour les éteindre. Sous le coup de la surprise, l'homme recule. L'intrépide détective l'attrape alors par un pan de sa veste. Cependant, M. Raybolt se ressaisit vite et,

d'un mouvement brusque, se libère. Un moment, il regarde la jeune fille avec stupeur.

— De quoi est-ce que vous vous mêlez ? rugit-il.

Alors, voulant lui faire croire qu'elle n'est pas seule, Alice se met à appeler à l'aide. L'homme réagit aussitôt et, s'emparant de la torche de la jeune fille, fait volte-face et s'enfuit à toutes jambes.

— Occupez-vous de vos affaires ! hurle-t-il. Sinon, vous le regretterez !

Alice s'élance à sa poursuite. Malheureusement, l'escroc connaît le parc comme sa poche. La seule chance qui reste à la jeune fille, c'est qu'il se dirige vers l'endroit où elle a laissé Bess et Marion paisiblement endormies. Mais, vite, il faut les prévenir !

— Au secours ! Au secours ! crie-t-elle encore.

Déjà réveillées par le premier appel d'Alice, les cousines comprennent cette fois que c'est bien leur amie qui est en danger.

— Qu'est-ce qu'on peut faire ? trépigne Bess. On dirait que ça vient des ruines.

— Chut ! lui intime Marion en tendant l'oreille. Écoute, quelqu'un court dans l'allée.

Ces mots donnent du courage à Bess, qui allume sa torche et se rue en avant. C'est à cet instant qu'elle se heurte à deux hommes qui montent le chemin à vive allure.

— Monsieur Roy ! Ned ! s'écrient les deux cousines d'une même voix en les reconnaissant.

— Où est Alice ? demandent-ils sans prendre le temps de respirer.

— On ne sait pas, avoue Bess. On l'a entendue appeler... là-bas, du côté des ruines.

Les deux hommes reprennent leur course, Ned en tête. Bess et Marion leur emboîtent le pas.

— Au secours ! hurle encore Alice, tout près cette fois.

Soudain, une silhouette masculine surgit d'un buisson juste au détour de l'allée. À la vue du groupe qui s'approche, l'homme s'arrête net. Il veut faire demi-tour, mais se trouve face à face avec la jeune détective. Pris entre deux feux, il se jette de côté pour tenter de traverser la pelouse.

— Arrêtez-vous ! ordonne M. Roy.

— Papa ! s'écrie Alice, Ned ! Oh ! quelle chance !

Les deux hommes rattrapent sans peine le fugitif et le maîtrisent. Vaincu, Félix Raybolt se laisse conduire jusqu'à la voiture de l'avocat sans opposer de résistance. Il est effondré.

— Les filles, venez avec nous, décrète M. Roy. Vous reviendrez plus tard chercher le cabriolet.

Toutes trois acquiescent avec joie. La soirée a été riche en émotions et elles aspirent maintenant à un peu de repos.

— Où m'emmenez-vous ? grommelle Raybolt en montant à l'arrière.

— En prison ! assène M. Roy d'un ton cassant.

— En prison ? proteste l'escroc. Je n'ai rien fait de mal !

— C'est ce qu'on va voir..., réplique M. Roy. Quoi qu'il en soit, un innocent est détenu à cause de votre disparition. Maintenant, on ne devrait plus avoir de mal à prouver que Joe Swenson n'est responsable ni de votre mort ni de l'incendie qui a détruit votre maison.

— Swenson ? répète l'homme. Il...

Raybolt se tait brusquement. Il a l'air malade. Son visage est très pâle et couvert d'une barbe de plusieurs jours ; ses vêtements déchirés sont maculés de boue.

— Par quel miracle êtes-vous arrivés juste au moment fatidique ? demande Alice à son père et à Ned.

— J'ai passé la journée à la bibliothèque de River City, raconte l'étudiant. Dans la soirée, je suis venu chez toi. Sarah m'a dit que tu étais allée à Mapleton et qu'elle me croyait avec vous. J'ai tout de suite téléphoné à ma mère, qui m'a transmis ton message.

— Et moi, ajoute M. Roy, je suis rentré au moment où Ned allait repartir. Il m'a mis au courant de tes projets et j'ai préféré l'accompagner.

Conduit devant le commissaire Johnson, Félix

179

Raybolt ne paraît pas du tout troublé. En cours de route, il a retrouvé toute son arrogance. Il reconnaît avoir eu un rendez-vous avec Joe Swenson le jour de l'incendie, mais prétend qu'il se trouvait à l'extérieur de la maison au moment où le feu a pris.

— Est-ce que vous déteniez des explosifs interdits dans votre cave ? se renseigne Alice.

Raybolt acquiesce.

— L'incendie... c'était un accident, affirme-t-il avec aplomb.

Questionné au sujet de sa disparition, il ne fournit qu'une réponse évasive :

— Je suis resté un moment étourdi par l'effet de l'explosion. Après, je me suis enfui dans les bois.

— Et depuis, vous n'avez pas donné signe de vie, remarque James Roy. Je parie que vous aviez pris une assurance vie très intéressante... et votre maison aussi était assurée, je suppose. Il suffisait que votre femme touche les deux indemnités et qu'elle vous rejoigne dans un pays lointain et le tour était joué.

La rougeur qui envahit le visage jusqu'alors livide de l'homme en dit plus long qu'un aveu.

— On ne peut pas l'arrêter pour le moment, explique le commissaire à l'avocat, mais en tout cas la déposition innocente Joe Swenson. Je suis désolé de ce qui s'est passé, mademoiselle,

reprend-il en se tournant vers Alice, mais vous devez reconnaître que tous les éléments étaient contre M. Swenson.

Le commissaire fait alors amener l'inventeur. Ce dernier est fou de joie en apprenant que ses ennuis sont terminés. Son émotion est évidente et c'est les yeux mouillés de larmes qu'il remercie la jeune détective et ses amies de tout ce qu'elles ont fait pour lui.

— C'est dommage qu'on ne garde pas ce Félix Raybolt ici, déplore Alice. On ne peut vraiment pas le faire emprisonner ?

— J'ai peur que non, soupire son père. Tout le monde sait qu'il a abusé de la confiance de beaucoup d'honnêtes gens, y compris de mon client, mais on ne possède aucune preuve.

Soudain, Alice saisit son père par le bras.

— Tu oublies le carnet de M. Swenson, papa ! s'écrie-t-elle en sortant le calepin de sa poche. Et ce n'est pas tout...

Elle lui raconte comment elle a surpris Raybolt en train de mettre le feu à des liasses de documents.

— Bravo ! s'exclame M. Roy avec fierté, tandis que Bess, Marion et Ned ouvrent de grands yeux étonnés. On va vérifier ça tout de suite. En attendant, monsieur le commissaire, vous pouvez placer cet homme en examen. Il y a dans ce carnet la preuve qu'il a escroqué M. Swenson. Et si

vous voulez bien demander à un inspecteur de nous accompagner, nous vous prouverons bientôt qu'il a aussi volé plusieurs autres personnes.

Le policier appelle aussitôt un de ses hommes et lui donne l'ordre de seconder l'avocat. Puis il enferme M. Raybolt dans une cellule jusqu'au retour de M. Roy.

Sans perdre de temps, le petit groupe, escorté de l'inspecteur, se rend à la propriété des Raybolt. Lorsqu'ils arrivent sur place, Alice les conduit à la cachette du coffre. Le policier ramasse les papiers que Raybolt voulait brûler et en découvre d'autres dans le coffre, ainsi que des pièces d'or et des billets de banque.

Cependant, quelle n'est pas la stupéfaction de tous, au retour de leur mission, de trouver dans le bureau du commissaire une vieille connaissance : Mme Raybolt ! Celle-ci a les traits tirés et un air de bête traquée.

L'inspecteur remet les papiers et l'argent à son supérieur.

— Voyons s'il y a quelque chose d'intéressant là-dedans..., déclare le commissaire.

Félix Raybolt se lève d'un bond.

— Non ! ne les lisez pas, implore-t-il. J'avoue avoir payé des sommes insignifiantes aux inventeurs qui m'ont confié leurs brevets et leur avoir promis des droits que je ne leur ai jamais versés. Je rembourserai tout jusqu'au moindre sou !

— Félix ! crie sa femme. Tu es devenu fou ?

Et décochant à la jeune détective un regard haineux, elle ajoute :

— Vous êtes contente de vous, petite idiote ?

Raybolt ne paraît pas prêter attention à sa femme.

— Je rembourserai tout, je vous le promets ! Je ne veux pas aller en prison !

— Mais, Félix ! on va être ruinés ! gémit Mme Raybolt.

— C'est déjà fait de toute façon, et ce sera pire si je vais en prison.

Mme Raybolt s'effondre sur sa chaise et se met à sangloter. Son désespoir ne dure qu'un temps cependant. Tout à coup furieuse, elle lâche :

— Dire qu'on avait si parfaitement tout combiné ! Il n'y avait pas la moindre faille. Et il a fallu que cette gamine stupide vienne tout gâcher !

Les spectateurs de cette scène regardent Mme Raybolt avec stupeur. Un tout autre personnage se révèle en effet. Le commissaire se penche en avant et demande :

— Vous reconnaissez donc avoir manigancé toute cette affaire ?

— Tais-toi ! gronde Raybolt à l'adresse de sa femme.

Mais il est trop tard. Petit à petit, le commissaire arrache au couple des aveux complets. Ils espéraient bel et bien toucher les indemnités de

l'assurance et disparaître ensuite. Raybolt explique qu'il avait truqué sa télévision de manière à déclencher l'explosion juste au moment où Joe Swenson arriverait.

— Mais il avait vingt minutes d'avance, grommelle-t-il. Alors j'ai été obligé d'actionner le dispositif avant d'avoir eu le temps de sortir les papiers du coffre.

Peu de temps après, Mme Raybolt admet que c'est elle qui a lancé les policiers sur la piste de l'inventeur. Pendant l'interrogatoire, M. Roy feuillette les documents sauvés par Alice. Il fronce les sourcils à la vue d'une grosse enveloppe.

— Voici les plans volés à mon client. M. Simpson, décrète-t-il après l'avoir ouverte. Si vous le permettez, monsieur le commissaire, je vais les emporter. Par contre, il vaut mieux que vous gardiez le reste, afin que les autres inventeurs reçoivent ce qui leur est dû.

— Pas de problème, approuve le commissaire. Vous pouvez me faire confiance, la justice veillera à ce qu'ils soient remboursés.

Laissant les Raybolt aux mains de la police, M. Roy, Ned et les trois jeunes filles sortent avec Joe Swenson, encore mal remis de ses émotions. Ned propose de le ramener chez lui.

— Que diriez-vous de tous venir dîner demain à la maison ? propose Alice. Il faut fêter cette victoire, vous ne croyez pas ?

— Excellente idée ! approuve Ned. J'irai chercher les Swenson.

— Je ne manquerais ça pour rien au monde ! déclare Bess avec enthousiasme.

— Et moi donc ! renchérit Marion.

Joe Swenson accepte lui aussi de très bon cœur, au nom de toute sa famille.

Le lendemain, la réception que donnent les Roy ne réunit que des gens heureux. Les Swenson sont tout sourires. Très émue, Mme Swenson remercie sa jeune hôtesse :

— C'est grâce à vous que nous avons retrouvé le bonheur.

— Grâce au carnet vert de votre mari, vous voulez dire, corrige Alice en souriant.

— Oui, sans les précieuses indications qu'il contenait, Alice n'aurait jamais pu démasquer Raybolt, précise M. Roy.

À la fin du savoureux repas préparé avec un soin tout particulier par Sarah, Joe Swenson apprend à ses hôtes que M. Weston l'a appelé dans l'après-midi pour lui offrir un poste très intéressant au bureau de recherches.

— Mes félicitations ! s'exclame Alice.

— Vous avez été toutes si gentilles pour nous, déclare alors Mme Swenson, que je voudrais vous faire présent d'un petit souvenir.

Et elle remet à chacune des jeunes filles un paquet soigneusement enveloppé.

— Que c'est joli ! admire Bess en découvrant un ravissant sac à main brodé.

— Merci de tout cœur, ajoute Marion qui a reçu le même.

En ouvrant le sien, Alice a la surprise de trouver une bague, entourée d'un petit billet qui porte ces mots :

Gardez, je vous en prie, ma chevalière en témoignage de notre profonde reconnaissance. Joe Swenson.

— Il... il ne fallait pas, bredouille Alice, la gorge serrée par l'émotion. Je sais ce que représente ce bijou pour vous. Je ne m'en séparerai jamais. Merci.

— Quant à moi, lance Ned à la cantonade, je crois bien que je vais m'acheter un petit carnet pour rédiger le journal de cette aventure trépidante !

Quelle nouvelle énigme

Alice

devra-t-elle résoudre ?
Pour le savoir, regarde la page suivante !

*Alice doit faire face à
un nouveau mystère...*

Dans le 11ᵉ volume de la série
Alice, chercheuse d'or

À la suite d'un concours télévisé, Alice gagne un terrain au Canada. Forêts sauvages, lacs immenses et chercheurs d'or, tous les ingrédients sont réunis pour de palpitantes aventures ! Palpitantes, oui, mais dangereuses aussi. Car sitôt arrivée, la jeune fille flaire un mystère. Un secret redoutable semble peser sur les habitants des lieux...

Ce titre est initialement paru sous le titre *Alice au Canada*.

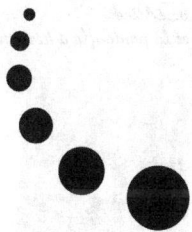

Les as-tu tous lus ?

1. Alice
et le chandelier

2. Alice
et les faux-monnayeurs

3. Alice
au manoir hanté

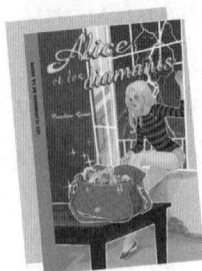

4. Alice
et les diamants

5. Alice
au ranch

6. Alice
et la pantoufle d'hermine

7. Alice
au bal masqué

8. Alice
et le violon tzigane

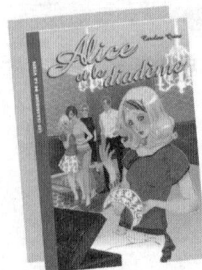

9. Alice
et le diadème

Table

Composition *Jouve* – 62300 Lens

Imprimé en France par Qualibris *(J-L)*
dépôt légal : février 2007
20.20.1273.02/0 – ISBN 978-2-01-201273-8

Loi n° 49-956 du 16 juillet 1949
sur les publications destinées à la jeunesse